COIS CAOLÁIRE

COIS CAOLÁIRE

MÁIRTÍN Ó CADHAIN

SÁIRSÉAL · Ó MARCAIGH
Baile Átha Cliath

An Chéad Chló 1953
An Cló seo 2004

ISBN 0-86289-080-2

Admhaíonn na Foilsitheoirí deontas ón
Údarás um Ardoideachais a chuir ar a
gcumas an leabhar seo a chur i gcló.

Seán Ó Súilleabháin a dhear an clúdach.
Criterion a chlóbhuail i bPoblacht na hÉireann

Sáirséal · Ó Marcaigh Teoranta,
13 Br Chríoch Mhór, Baile Átha Cliath 11.

CLÁR

GLANTACHÁN EARRAIGH

BHOG an tuirne slinneán-bhriste ar an lota. Lig sé scread:

"Tá mé sa teach seo le leathchéad bliain. Rinne mé leas. Shníomh mé éadaigh agus anairt d'fhir agus do mhná ar fónamh. Ná tabhair cead mé a chaiteamh amach."

Léim an cupán lámh-bhriste i mbarr an drisiúir. Lig sé scread:

"Tá mé sa teach seo le leathchéad bliain. Rinne mé leas. D'ól fir agus mná ar fónamh asam. Ná tabhair cead mé a chaitheamh amach."

Luasc an bord trasnán-bhriste le balla. Lig sé scread:

"Tá mé sa teach seo le leathchéad bliain. Rinne mé leas. D'ith fir agus mná ar fónamh dhíom. Ná tabhair cead mé a chaiteamh amach."

Shníomh an cófra cincín-bhriste leis an spiara. Lig sé scread:

"Tá mé sa teach seo le leathchéad bliain. Rinne mé leas. Thaisc mé arbhar agus éadach, airgead agus lón d'fhir agus do mhná ar fónamh. Ná tabhair cead mé a chaiteamh amach."

D'fheac an tlú brionglán-bhriste é fhéin ar an teallach. Lig sé scread:

9

"Tá mé sa teach seo le leathchéad bliain. Rinne mé leas. D'fhadaigh agus choigil mé tinteachaí d'fhir agus do mhná ar fónamh. Ná tabhair cead mé a chaitheamh amach."

D'umhlaigh an stóilín cos-bhriste le hais an tinteáin. Lig sé scread:

"Tá mé sa teach seo le leathchéad bliain. Rinne mé leas. Lig fir agus mná ar fónamh a scíth orm. Ná tabhair cead mé a chaitheamh amach."

Ghíosc an leaba chnaiste-bhriste sa seomra thoir. Lig sí scread:

"Tá mé sa teach seo le leathchéad bliain. Rinne mé leas. Thug fir agus mná ar fónamh sraith dhá gcolainn orm. Ná tabhair cead mé a chaitheamh amach."

Shléacht an scáthán gloine-bhriste ar an mballa. Lig sé scread:

"Tá mé sa teach seo le leathchéad bliain. Rinne mé leas. Chonaic fir agus mná ar fónamh iad fhéin ionam. Ná tabhair cead mé a chaitheamh amach."

Gheit an pictiúr beannaithe fráma-bhriste ar stuaic na fuinneoige. Lig sé scread:

"Tá mé sa teach seo le leathchéad bliain. Rinne mé leas. Chuir mé díocas na hurnaí ar fhir agus ar mhná ar fónamh. Ná tabhair cead mé a chaitheamh amach."

Chrap an trumpa teanga-bhriste é fhéin isteach sa gcual mangarae faoi íochtar an drisiúir. Lig sé scread:

"Tá mé sa teach seo le leathchéad bliain. Rinne mé leas. Bhain fir agus mná ar fónamh ceol asam. Ná tabhair cead mé a chaitheamh amach."

Lioc an chuilt línéadaigh chiumhais-bhriste í fhéin sa trunc sa seomra thiar. Lig sí scread:

"Tá mé sa teach seo le leathchéad bliain. Rinne mé

leas. Is fúm a síneadh fir agus mná ar fónamh os cionn cláir. Ná tabhair cead mé a chaitheamh amach."

Chreath an ráca déad-bhriste sa trunc sa seomra thiar. Lig sí scread:

"Tá mé sa teach seo le leathchéad bliain. Rinne mé leas. Is liom a cíoradh gruag fear agus ban ar fónamh faoi chóir na cille. Ná tabhair cead mé a chaitheamh amach."

Phreab an phluideog chom-bhriste sa trunc sa seomra thiar. Lig sé scread:

"Tá mé sa teach seo le leathchéad bliain. Rinne mé leas. Is ionam a tugadh fir agus mná ar fónamh chun an phobail dhá mbaisteadh. Ná tabhair cead mé a chaitheamh amach."

Stromp an cliabhán taobh-bhriste i gcúinne an tseomra thiar. Lig sé scread:

"Tá mé sa teach seo le leathchéad bliain. Rinne mé leas. Bogadh fir agus mná ar fónamh ionam. Ná lig mé a chaitheamh amach."

Shioc seanbhean anáil-bhriste chroí-bhriste an tí sa gclúid. Lig sí scread:

"Tá mé sa teach seo le leathchéad bliain. Rinne mé leas. Thug mé fir agus mná ar fónamh ar an saol. Ná tabhair cead do bhean nuaphósta an tí seo mé a chaitheamh amach."

11

AN PIONTA

BHÍOS bréan den tsaol. Rinne mé burla i mo ghlaic den leathanach rásaíochta agus bhuaileas faoin talamh é. Marach sin ní móide go gcuirfinn aithne ar bith air. B'fhóbair gur síos ina phionta a ghabhadh an burla.

Claonta in aghaidh an chuntair, a fhiarchosa ghiorrtacha ar threasnáin an stóil aird, ní thiúrfá de shamhail dó, faoi dhlúth-lannaí de chótaí oláilte, ach breac aduain eicínt a bheadh gafa i líon. Bhí smearadh beag ar chorr a bhéil agus an lasadh in ard a ghrua chomh sontasach le preabán a mbeadh an fhuil ag plobadh thríd amach. Ní raibh de chuid sontais thairis sin ann ach na súile, ar gheall le dhá bhocóid sholasta iad, i sciath bán a cheannaghaidh. Shíleas, agus é ag iontú anall orm, gur teannáil fheirge an lasadh súl agus grua sin.

"Tá aghaidh ar an aimsir anois," arsa seisean.

"Tá," arsa mise agus cineál díomua orm go raibh a ghlór chomh fáilí.

"B'olc an uair í ón Nollaig go dtí na cúpla lá seo caite."

"B'olc."

"Tá an fliú bradach sin ar mhórchuid daoine."

"Tá."

"Theangmhaigh drochruaig dhe liomsa muis. Is dona atá sé dhíom fós agam. Ní bheinn amuigh inniu marach

13

Rása an Trí. Bhí sciorta gleoite den ádh orm inné leis 'An nGaoth Mhárta,' ach chaill mé inniu ar 'An Scamhóg Iarann,' an sneacháinín truisleach."

"M'anam gur furasta dhuit comrádaí a fháil, ní ag ceasacht ar Dhia é," arsa mise, dhá fhreagairt go spleodrach den chéad uair. Ar ardú mo phionta dhom shantaíos a shíneadh uaim amach agus sláinte an duinín éidreoraigh seo a ghoiriúint. Coimiúineachas forleathan na ngeall mí-amhantrach agus "an fhliú bhradaigh" a shnadhm i gcomrádaíocht thobann muid.

"Dá dhonacht iad na geallta," arsa seisean, "bíonn lá thíos agus lá thuas iontu, ach tá an tsíorghaoth anoir sin i ndon duine ar bith a tholgadh."

Leag a bhéal mílíoch ar bhruach istigh a phionta fhéin.

"Sí an ghaoth sin a thugas gach uile drochrud chun tíre," arsa mise.'Deir siad gur lena linn a tháinig an fliú mór tar éis an chogaidh dheiridh."

"Is fíor dhuit. Nach gcuimhním go maith air! Gaoth spealtach anoir......"

Tar éis dó iarracht as an bpionta a ligean síos, thug cuimilt ghargach do chorr a bhéil. Tháinig fearasbarr solais ina shúil ag breathnú síos inti. Ba léir go raibh dásacht aisteach eicínt ag biathadh an tsolais.

"Tá an pórtar sin rodtha," adeir sé.

"Déarfá go bhfuil?" arsa mise.

"Is furasta aithinte air é. Ní raibh barr ar bith air. Ba rud é pionta nach bhfuair mé aon bhlas ariamh air, mara mbeadh frasaíl chúir ar a uachtar. An seanphionta a bhíodh fadó ann, d'fhéadfá an cúr a bhearradh dhe síos i ngloine eile agus bhí sé i ndon pórtar a dhéanamh ar a aghaidh féin."

"B'ait iad na seanphiontaí, creidim," arsa mise.

"B'íocshláinte iad," adúirt sé. "Ach anois...... Féach é sin!......"

Ní raibh bainte as an bpionta ach blogam beag. Bhí cúr le ciumhais na gloine mar bheadh an luaith ar chnapán deargtha guail. Ní raibh an deannach éadrom ar an gcuid eile den uachtar i ndon na daoldhuibhe a cheilt.

"Craith é," adúras-sa.

Phreab neirbhíní luaimneacha ar a fhud, rinneadar súileoga bláfara ar feadh ala an chloig agus ansin púdar marbh aríst.

"An sílfeása go bhfuil sé rodtha?" arsa seisean.

"Diabhal a fhios sin agam," adúras-sa. "Tá mo phionta fhéin ar fheabhas. An bhfuil blas rodtha air?"

Bhlais sé aríst dhe. Tháinig drioganna beaga eiseallacha i gcúinne a bhéil:

"Chítear dhom go bhfuil," arsa seisean......

Bhalaíos agus ansin bhlaiseas féin dhe. Ní raibh clóic ar bith air, dar liom. Buille úr b'fhéidir, ach ba shin é a raibh ann. Bhí sé gach uile orlach chomh maith le mo phionta féin.

"Sea?" adúirt sé.

Othar ag fuireach go n-osclaíodh an dochtúr a bhéal le fios báis nó saoil a thabhairt dó, ní bheadh sé leath chomh beophianta le mo dhuine......

Is eol dom nach bhfuil sa gcinniúint ach an rud a thuaras duine dó féin. B'eol dom an tráth úd é chomh maith. Níor choisc sin mé, faraor, gan siúl ar spáig ar ghadhar mór na cinniúna.

Choinníos an blogam pórtair ar mo theanga in imeacht nóiméide. Rinneas smeacháil anonn agus anall leis i mo bhéal. Ansin sciúras aniar ina shile ar an talamh é.

"*Il sent le bois,*" arsa mise.

"An Gaeilge é sin?" adúirt sé.

"Gréigis," arsa mise. "Sin, mar dhóigh dhe, go bhfuil do phionta leamh, gránna, rodtha, contúirteach......

"Is fíor dhuit. Leamh, gránna, rodtha...... Cé an chaoi é sin ar dhúirt tú é?......"

"Il sent le bois."

"Go díreach. *Il sent...... Il sent le bois...... Il sent le bois......* Ola aobha troisc...... Nach hea......?"

Bhaineas súmóg eile as:

"Iasc gan sailleadh a bheadh a dhó nó a trí de laethanta i gcaibhéad, ar uair mheirbh...... Blais dhe?......"

Bhain sé súmóg as:

"Súlach i bpíopa calctha..... Nach hea?....."

Bhaineas féin súmóg eile fós as:

"Il pue. Adhairt fheamainne lofa i gcladach...... Nach gceapfása gurb ea?......"

Bhain sé súmóg as:

"Blas teara..... Nach hea?....."

"Blas ola mhór..... Nach gceapfása gurb ea?"

"Siúd é é! Ola aobha troisc."

"Ubh lofa. Tá an oiread idir é féin agus mo cheannsa is a bheadh idir dilphóig do leannáin agus póg nathrach nimhe....."

Rug sé ar mo phiontasa. Chuir ar a bhéal é. Tháinig fonn a bhactha orm, marach go gcríochnódh sin dráma ar dhóigh dhó barr trom gáire a thabhairt, lena ligean ar aghaidh.

"Ó, a dhiabhail," arsa seisean, tar éis dó dhá iarracht a bhaint as, "níl gaol ar bith acu lena chéile. Gan éidearbhadh ar bith is nimh é mo cheannsa. Iarrfaidh mé air pionta eile a thabhairt dom ina leaba....."

Ghlaoigh sé aníos ar an óstóir. Caracháinín a bhí ann

16

a raibh péire spéacláirí adharc-chiumhaiseacha ar bharr
a chúbshróine agus dhá shúil luiche ag breathnú amach
ort os a gcionn. Gruán cruinn cloiche a mbrisfí an t-íoch-
tar amach aisti go místuama a bhí ina cheann.

"Bhuel?"

"Níl mo phionta ceart."

"Céard atá air?"

Bhí gó-shnáth cantail faoi urlabhra an óstóra.

"Níl sé ceart," adúirt mo dhuine aríst....."Dar ndóigh
níl?" adúirt sé, ag tabhairt aghaidh anall ormsa.

"*Il sent le bois,*" adeirim féin.

"Go díreach glan. *Il sent le bois,*" adúirt sé, go
cathréimeach.

"Níl aon Ghaeilge agamsa," adúirt an t-óstóir, "ní
raibh sí sa scoil le mo linn. Cá bhfaighinnse am le
haghaidh rud den tsórt sin? Caithfidh tú labhairt de ghlan-
Bhéarla. Sin thíos coistiméara ag fuireach liom....."

"An rud adúirt mé leat. *Il sent le bois......*"

"An dóigh leat gur naosc as Conamara mé? Labhair
an béarlagar sin le duine eicínt a thuigfeas é....."

Thug an t-óstóir obainn ar imeacht, ach bhac mo
dhuine aríst é:

"*Il sent le bois.* Ní Gaeilge é sin ach Gréigis. Gréig-
is, cad eile?....Ara, an síleann tú nach fir fhoghlamtha
muid? Cuir é sin ar ais agus tabhair dhom pionta cneas-
ta ina ómós. B'fhéidir gur dóigh leat go dtolgfainnse mé
féin ar mhaith le do chuntas beaincsa! "

Bhí taoscán maith i mo phiontasa fós. Rug an t-óstóir
air. Chuir suas idir é fhéin agus an solas é. D'fhéach
amach os cionn na spéacláirí air. Chraith é.

"Níl locht ar bith air sin," adúirt sé, ag fairsingiú
leathpholláire go mór thar a chéile.

"Ní shin é an pionta é," arsa mo dhuine, "ach é seo."
"É sin!"

Bhí an taghd ag fuint a chraicinn rite ina chloga caoracha:

"Tá faitíos orm má bhí díobháil ann, gur le dochtúr is fearr duit do ghearán a dhéanamh anois! Nach bhfeicimse ólta é!"

"Ní baileach! Agus ar aon chor ní ólfadh muid an oiread sin dhe, ach go bhfeicfeadh muid cé an blas a bhí air."

"Agus tá tú ag iarraidh ormsa an t-athphionta a thabhairt duit, go bhfeictheá cé an blas a bheadh air freisin. Is túisce a thiúrfadh an diabhal leis mé muis....."

"Ní ólfaidh mise é sin."

"Ná hól, mara bhfeileann duit. Ceapann tú gur mór an chomaoin atá tú a chur ormsa, an grúdarlach sin ar thóin an phionta a fhágáil agam?....."

D'imigh an t-óstóir leis síos chuig an tartach a bhí in íochtar na deochlainne.....

"Tá d'fhiacha air an t-athphionta a thabhairt dom," adúirt mo dhuine.

"Gan aimhreas," arsa mise. "Tá ag duine cur ar son a chirt."

Rug sé ar a ghloine. Bhreathnaigh síos inti go míchéatach. Bhí arda a leicinn ina séalaí fola agus a shúile ina suaitheantais shoilsithe ina cheann. Chaith sé siar i ndiaidh a leataoibh an grúdarlach a bhí ar a tóin.

Thosaigh an ghlafairt agus na mionnaí móra. Bhí fir ag bualadh bosógaí go ceanúil ar bhrístí, ar chótaí agus ar pháipéir nuaíochta. Diúracadh deich naipcín póca in éindigh. Leagadh deich bpionta ar clár in éindigh. Bhí fiche crobh acmhainneach ag dul i bhfastó in éindigh

18

ina chual cnámh. Ba léar nach mbeadh le déanamh faoi cheann nóiméide ach an chreach cochall agus cótaí a roinnt.

Ba ansin a tháinig an t-óstóir de dhá amhóig thar cuntar. Réitigh amach as an marbhfháisc seo é. Rug greim cuing muiníl air agus le comhar gleoite glún, bróg agus lámh thug an doras amach dó.

"Agus thusa freisin," adúirt sé liomsa, "mara n-iompraír thú féin go ríchúramach."

"Mise! Níl eolas ar bith agamsa air."

"Tá tú dhá shaghdadh! Nach n-aithním ort é!"

"Tá tú dhá shaghdadh!" arsa deich nglór Baile Átha Cliathach arbh fhollasach dom go raibh macallaí iontu ó théada Cásca míleata úd a Sé Déag.

Chríochnaíos mo phionta d'iarracht éigeanta agus amach an doras ab fhaide ón dásacht sin a bhí ar tí madhmadh orm.

Bhí mo dhuine amuigh romham, airdín a chúil leagtha thiar ar a shlinneán aige agus é ag féachaint suas ar ainm an ósta.

"Rinne tú an ceart é a fhágáil," arsa seisean. "Cé a d'fhanfadh istigh sa stór ola sin? Teanam! Gabhfaidh muid a fhaid is a fhéadfas muid ón gcneamhaire.....Ó Murchú atá air. Níor ól mé aon deor ariamh cheana aige agus dheamhan é aríst. Mara bhfuil mé tolgtha!"

"Mara bhfuil agus mise."

"A, níor ól tusa an oiread dhe agus a d'ól mise."

"Ba drochphionta é."

"Beannacht Dé dhuit! Bhí sé domlasta críochnaithe. Mara bhfuil mé tolgtha!"

Ag siúl síos an tsráid dúinn bhuail casacht é.

"Cé an chaoi a n-airíonn tú thú féin?"

"Sách suarach! Sách suarach, ós dhá inseacht do chomrádaí é! Tá mé ceangailte ansin": ag brú a dheasóige ar uachtar a chliabhraigh.

"Agus dó ansin?" arsa mise, ag brú mo dheasóige ar bhéal mo chléibh.

"Agus dó ansin?" arsa seisean, ag brú a dheasóige ar bhéal a chléibh...... "Agus driog ansin": ag cur a chiotóige isteach os cionn a imleacáin.

"Agus greim ansin?": ag leagan mo chiotóige anuas ar mo ghluta.

"Agus doigh chraosach ansin": ag cur a chiotóige anuas ar a ghluta féin.

"Ba drochphionta é."

"Beannacht Dé dhuit! Bhí sé domlasta críochnaithe. Mara bhfuil mé tolgtha!"

Tháinig bombardaíocht eile chasachta air.

"Cé an bhail atá ort anois?"

"Bail ar bith!" ag tomadh a bheil leis an naipcín póca. "Shílfeá gur péist bheo a bheadh ag torathrú thríom ansin," agus d'fháisc a dheasóg ar thaobh a chliabhraigh.

"B'fhéidir go ndéanfadh aspuirín maith dhuit," adúras-sa. "Tá cúpla ceann i mo phóca agam."

"B'fhéidir, i nDomhnach."

Chaith seisean dhá aspuirín agus mise ceann.

"Diabhal mé go sílfeá nach hé an oiread sin de leas atá iontu," arsa mise, tar éis nóiméid nó dhó, ag puthaíl chasachta dom.

"Leas!" arsa mo dhuine agus lig é féin isteach in aghaidh cuaille sráide, le bráisléad cochaillí a chur aníos.

"Drochphionta, a mhic ó!"

"Rodtha, a dhuine! Dhá bhféadainn a chur as mo chrioslaigh, bheadh liom."

Chrom anuas a chraos fairsingithe agus d'aclaigh meicníocht a chliabhraigh agus chúl a chinn, leis an bpiléar stadamach seo a ionnarbadh as a choimpléasc. Níor tháinig ach slabhra eile réama.

"Ní fhéadaim," adúirt sé, go díomuach. "Ní fhéadaim a chur aníos...... Tá an fabht ansin," ag fascadh bos a chiotóige anuas ar leataobh a chliabhraigh.

"Agus ansin freisin?" arsa mise......

"Ansin freisin," arsa seisean agus chuir ladhar a dheasóige siar os cionn na gualann.

"Agus ansin?" arsa mise......

"Ó, ansin go háirid," adúirt sé, ag cuimilt na ciotóige síos faoin dealracán. "Mara bhfuil mé tolgtha......"

Bhí póilí inár mullach.

"Cé an t-ainm agus sloinneadh atá ort?" adúirt an póilí dhá chraitheadh go borb. "Tá tú ar meisce."

"Drochphionta a d'ól mé."

Rinne an póilí gáire gangaideach:

"Piontaí ab áil leat a rá."

"Ní hea, a dhuine uasail," arsa mise. "Sin í an fhírinne aige, gan eang gan adhartán. Tá cúpla aguisín ólta agamsa thairis, ach is léir duit go bhfuil mo chois agus mo shúil chomh críonna is tá siad ag seanchat. Tiúrfaidh mise liom é......"

"Creid mé dhuit ann," arsa an póilí, ag féachaint ormsa de shúil chomhthuisceanach tuaithe, "nach bhfuil in ól na cathrach seo ach múnlach ar ghualainn...... Greadadh sé go beo," arsa seisean, de ghlór neamodhach. "Ar an gcéad aitheasc dhe, is cion tromchúiseach dó a bheith ag urlacan muiní réama in áit phoiblí, ag cur a

21

bhoilgleanna amach ar shlí a thaithíos an pobal; ag spré
bitheoga, ag craobhscaoileadh galair....."

"Maith go leor, a dhuine uasail," adúras-sa agus
thíolacas liom mo chomrádaí thar luainn an phóilí sin.

"Cé an chaoi a n-airíonn tú thú féin anois?"

"Sách suarach, a dheartháir ó! " arsa seisean, agus é
ag glanadh a bhéil aríst. "Meas tú an bhfuil rud ar bith a
chuirfeadh as mo chrios laigh é.....?"

"Gloine fuisce..... Dá ngnóthaíodh 'Scámhóg Iarainn'
inniu nó an 'Bramachán' inné....."

Bhí an teach ósta lom díreach ar ár n-aghaidh thall,
amhail is dá mba as dubhdhraíocht eicínt inár n-ainmhian
féin a chruthódh, an nóiméad sin.

Sheas sé ar cholbh an chosáin ag féachaint suas ar
an ainm:

"Ó Murchú! Soit! "

Bhí sé ag spairn aríst le crann tseile i mbealaigh
droibhéalacha a bhoilg..... "Tá clocha na cathrach seo
faoi ghlothachaí ag na cneamhairí sin as Corcaigh."

Chuamar treasna go dtí an chéad tsráid eile: .

"Seo teach ósta," arsa mise.

"Ó Máille! ..... Nár fheice Dia fuilleamh air! Cneamh-
aire eile de Chorcaíoch. Fág seo! "

Chasamar an coirnéal go dtí teach ósta eile:

"Mac Lafartaigh! An bhfuil deoraí ar bith sa gcathair
seo ach feannadóirí Chorcaí? Ní iontas drochphórtar
féin a bheith ann. An fhaid is a bhí muintir Bhaile Átha
Cliath leis an gceird gheofá ól iontaofach. An sean-
Ghuinness. Seanphionta shean-Ghuinness. Nach minic a
rinneadh baiste urláir leis? Ach nuair nach bhféadfadh
sotairí Chorcaí an Life Duibhlinne a fhuadach ó dheas
uainn, tháinigeadar aníos le na tithe tábhairne a ghabháil

An Pionta

agus ár nDuibhlinn Plúrabelle Nic an Óig a bhréanadh le
múnlach na Laoi. Pórtar Uí Mhurchú..... Mo chroí ón
diabhal go dtuigim anois é! B'fhéidir go bhfuil gaol ag
an sladaí sin a thug an drochphionta dhom le lucht
dhéanta an phórtair. Nach mbíonn gaol ag muintir na
tuaithe ar fad le chéile.....?''

Shroicheamar teach ósta eile:

"Jackson! Seo fíréan faoi dheireadh! Níl goin
adhairce ar a chorp ach ceann Bhaile Átha Cliathach....."

Ghlaoigh sé dhá ghloine fuisce agus d'ólamar iad.

"Ní mór liom do Bhaile Átha Cliath, Cíoch Dhubh a
Phlúrabelle," arsa mise, "ach seo é lacht na beatha gan
bhréig. Dá mbeadh an bás corcáilte i do bhundún d'éig-
neodh an scafaire seo siar ar ais é."

"Diabhal a fhios agam nach fíor dhuit é, a dhearth
óm ...... Dhá ghloine eile......"

D'ólamar iad.

"Airím maith mhór orm fhéin," arsa mise. "Nach n-air-
íonn tusa?''

"Airím," adúirt sé. "Tar éis dhá ghloine eile, beidh
sé de mhisneach agam mo chois a chur romham......"

D'ólamar iad agus chuamar amach.

Giota suas an tsráid sheasas le gréasán a bhí danartha
go leor a thaoscadh aniar. Ba fuíoll fliú é a d'fhan ina
líonán ar mo chliabhrach nó gur thosaigh teas fáilí an
fuisce dhá chascairt.

"Tá an fabht ann fós," arsa mise. "Blas ola......"

B'éigin dó lionn a shlaodadh aníos as uachaiseacha a
bhoilg ar a naipcín póca.

"Blas ola, blas ola, ola aobha......"

"Drochphionta a bhí ann?''

"Go dtuga Dia trócaire dúinn, a dhearthóir ó! Mara

23

bhfuil mé tolgtha! Is é an rud is fearr é a bheith cinnte......"

Treasna na sráide leis de sciotán. D'uamhnaíos go raibh a chos spealta ag bus. Ní fhuireodh liom go mbeinn chomh fada leis.

"Is é an rud is fearr a bheith cinnte," arsa seisean aríst, ag truisleáil isteach dó an geata plátáilte.

Ghluaiseas-sa liom. Thóigfinn an chéad bhus abhaile. Ba thrua gan duine agam a roinnfinn mo gháire leis!

Pionta rodtha! Há! Trí ghloine fuisce! Há! Trí ghloine ar ionnarbaigh a bhearta bríomhara sprid leannánta an fhliú as m'ucht! Há! Há! Faitíos faoi phionta rodtha! Há! Há! Há! Scanradh ina scaoilteoig thart ar a chuid trua-fheola. Feannóga liatha na himní ag crinneadh a chual cnámh......

D'fhilleas ar an ngeata plátáilte. Bhainfinn an imní de, mara mbeadh sin déanta ag an dochtúr...... B'fhéidir dá mbeadh sruth beag ar bith den ádh liom ar rásaí an Luain......

Bhí sé rífhada istigh......

"Sea?" arsa mise.

"Scrúdaigh sé go mion mé," arsa seisean, ag glanadh a bhéil leis an naipcín. "Is measa é ná a shíleas...... An bhfuil a fhios agat, an phian atá isteach ansin?" Chuimil a chiotóig síos faoina dhealracán. "B'fhada a choinnigh sé a chluas ansin, ag éisteacht leis an torathair. "Céard is dóigh leat adúirt sé: *'il sent le bois.'* Sin é adúirt sé go díreach: *'il sent le bois.'*"

Há! Há! Ní fhéadfainn mo gháire a shrianadh.

Bhí a ladhar i ngreim sa bpláta úrghreanta. Féileacáin ghleoracha ag iarraidh iad féin a shaoradh as gaiste ba ea a dhá shúil.

"D'airínn an ghaoth anoir sin ó thús bliana ag seabhrán

thrína gcuasáin. Ach ní raibh de mhisneach agam é a
dhearbhú nó gur ólas an fuisce."

Dhruid isteach liom go dtí go raibh a bhéal le mo
chluais. Chuir a chogar mo chnámha ag gíoscán.

"*Il sent le bois,*" arsa seisean, ag bualadh a chliabh-
raigh. "Tá poill torathra déanta aici i leathscamhóig.
Níl sé cinnte fós faoin gceann eile......"

Tháinig casacht air. Chuaigh sé ag cuimilt a bhéil. Ba
shin é an uair a chonaiceas an anbhlinn fhola......

Ag cuimilt mo chiotóige síos faoi mo dhealracán dom,
siúd isteach sna gáinní báis mé, chun an dorais nár
dúineadh fós i ndiaidh mo chomrádaí......

25

FIOS

SHUIGH an triúr acu i lúibinn chlaí an chladaigh: fear na leathmhainge ar a ghogaide, fear na claonfhéachana ar a leathriasc agus fear an cham-mhuiníl ar a leath-ghlúin.

"Is mór is fiú do na daoine go bhfuil sé ag trá anois," adeir Cam-mhuineál. "Féadfaidh muid scíth a ligean."

"Beidh airde crann báid di isteach leis an lán mhara aríst," adeir Leathmhaing. "Sé an chéad lá de neart an rabharta é."

"Dheamhan an oiread sin feamainn dearg a chonaic mé i dtír ariamh cheana faoi Bhealtaine," adeir Claonfhéach-aint. "Má chothaíonn an ghaoth sa gceard sin, lobhfaidh sí sna cladaigh cheal an té a thóigfeas í."

"Cheal an té a thóigfeas í."

"Cheal an té a thóigfeas í, muis."

"Lobhadh sí léi, i dtigh diabhail!"adeir Leathmhaing. "Tá fuílleach agamsa anois di: an oiread is a leasós cúpla cúilín mangels dom. An síleann tú go ngabhfaidh mise ag triomú feamainne agus dhá cocadh ar nós na mBreathnach? Is túisce a thiúrfadh an diabhal leis mé. Lobhadh sí léi......"

"Lobhfaidh sí ar mo shonsa," adeir Claonfhéachaint. "D'éirigh díol mangels agus swedes inniu liom......"

"Lobhfaidh, a mhaisce, agus ar mo shonsa," adeir

Cam-mhuineál.

"Dá dtéadh an ghaoth ó thuaidh anois!" adeir Leath-mhaing.

"Dá dtugadh Dia dhi!" adeir Claonfhéachaint.

"Dá dtugadh cheana!" adeir Cam-mhuineál. "Shílfeá muise go raibh fonn uirthi a dhul suas i ndiaidh a tóna ar ball."

"Ba mhór ab fhiú é. Ní thiocfadh mórán feamainne faoi thír ansin chuig na Breathnaigh le cocadh."

"Nach faoi sin atá mé, a chloiginn?" adeir Claon-fhéachaint.

"Agus mise."

"Agus mise chomh maith le ceachtar agaibh."

"Ba chumasach an sásamh dhúinn féin agus don bhaile é."

"D'fhéadfá a rá."

"D'fhéadfá sin a rá."

"Ní bheadh sé de chiall go deo ag an ngaoth é a dhéanamh."

"Dheamhan a mbeadh a fhios agat."

"Cá bhfios goidé sin?"

D'iontaigh Cam-mhuineál timpeall agus chuaigh ar an nglúin eile. Dheasaigh sé binn a bháinín anonn le taobh íseal Leathmhainge, chun go gcumhdódh sé na cipíní a bhí dhá gciorrbhadh ag an stolladh gaoithe aneas ar bhéal a phíopa sin.

"Shílfeá go raibh tú féin agus an sean-Bhreathnach ar thob a dhul san úll ag a chéile thíos sa gCuisle," adeir Cam-mhuineál le Leathmhaing.

"Nár fheice Dia an t-ádh air féin ná ar a chineál!" arsa Leathmhaing, dhá fheistiú féin siar ar a ghogaide in athuair. "Cine faoi chopóig! Na Breathnaigh buinneacha as Íochtar Tíre ar fhág a n-iothlann chuile luch ariamh faoi ocras. Meas tú nár scoilt sé an snáth feamainne orm......! Dar diagaí scoilt!"

"Scoilt?"

"Scoilt anois?"

"Dar brí an leabhair bheannaithe scoilt! 'Ara cé an sórt ceird í seo?' arsa mise. 'Ag scoilteadh feamainn Bhealtaine, i lár an lae agus eile. Scoilt leat i dtigh diabhail í ! Tóigfidh mise í dhá scoilteá faoi chéad í! ' Chuir mise deifir ag imeacht air ón gCuisle. Rop leis siar ansin chuig an bhFearsaid le dhul i mbéal Mháirtín Thaidhg thiar...... Cé an bhrí ach gan inti ach cuailleachaí! Múchadh agus báitheadh air!"

"Múchadh agus báitheadh aríst air!"

"Múchadh agus báitheadh aríst eile air!"

"Is dona í an fharraige, agus a dtugann sé uaithi, nach mbáitheann é."

"Is dona."

"Is dona cheana. Is iomaí duine ba neamhchóra di ná é a bháith sí."

B'éigin do Leathmhaing é féin a choigilt isteach ar scáth Claonfhéachana, ó tharla go raibh iomghaoth le corr an chlaí ag múchadh na gcipíní air. D'athraigh Cammhuineál ar an nglúin eile:

"Bhí beirt iníon an Bhreathnaigh ag sciobadh uaimse thíos ag an gClochairín," arsa seisean. "Duine acu ar chaon taobh díom agus iad go corrógaí i bhfarraige."

"Go corrógaí i bhfarraige muis."

"Sin é an chaoi lena rá: go corrógaí i bhfarraige."

Bhí urchair dheataigh as píopa Chlaonfhéachana agus é ar a leathriasc aríst an tráth seo:

"Chonaic sibh an chaoi a ndeachaigh an Breathnach

óg taobh amuigh dhíomsa thoir ar an trá......? Bhí sé go gualainn i bhfarraige agus an píce aige faoi chuile dhosán a d'fhéachainn le thógáil. Nár ba slán saolach é ar maidin ná tráthnóna! Ní mórán ceartais a bhí ann nó gur chuir mise an píce báite sa mbréidín feamainne ag a ucht. Dheamhan a fhios agam anois ná an uair sin tuige nach treasna thrína phutóig a thiomáin mé é......"

"Dheamhan a fhios agam," arsa Leathmhaing, agus d'fhéach i leathshúil air.

"Dheamhan a fhios ná agamsa," arsa Cam-mhuineál, ag féachaint sa tsúil eile air.

"Sin é an chaoi," adeir Claonfhéachaint. "Dá mbeadh duine gan a bheith ag iarraidh é a dhéanamh......! 'Nár chuire Dia an t-ádh ná an t-amhantar ort!' arsa mise leis. 'A amplacháin chaca! Níor tháinig scuabán feamainne i dtír ón tráth seo anuraidh nach thú féin agus a bhfuil i do theach a thóig. Bíonn sí scoilte agaibh roimh lá, agus ardmheán lae, agus le comhthráth na hoíche. Dhá mbeadh náire ionaibh ní thaobhódh sibh an cladach beag ná mór inniu. D'fhágadh sibh an snáthín seo ag an gcuid eile den bhaile nár ramhraigh a súil ar aon tsop i mbliana, ach sop a bhí ar bruach agaibhse. Nach bhfuil an cladach soir agus siar agat gan an dosáinín strae a ghreamós do mo ghlaicsa a sciobadh. Bí ag imeacht go beo deifreach, nó dar Dia sáithfidh mé thú......' M'anam péin gur dhúras."

"Go lige Dia do shláinte dhuit."

"Go lige Dia do shláinte agus do shaol dhuit."

"Sin a thomhais oraibh," arsa Cam-mhuineál, "céard a d'iarr seanlady an Bhreathnaigh ormsa ar ball: cúilín thiar an gharraí sin istigh agam, leis an bhfeamainn a thriomú air? 'Tá muid féin inár mball séire d'uireasa

29

clúidín thalúna anuas anseo ag bruach na toinne,' adeir sí. 'Is buan an bealach é le dhul ag lámhacán le boirdín feamainne as seo go dtí an Fóidín Buí siúd thuas amuigh againn. Ní call díbhse a dhéanamh ach seasamh sa lán mhara agus í a scaradh den phíce amach ar an ionlach.' 'Tá a chuid talúna féin sách gann ag chuile dhuine,' adúras-sa."

"An chaint chumhra chéanna a rinne mise léi," arsa Leathmhaing. "D'iarr sí binn den Dumhachín sin thiar orm."

"Agus mise," arsa Claonfhéachaint. "'Tá trí roinn thalúna ag síneadh leis an gcladach agaibh,' adúirt sí, 'agus is ríméadaí libh magpies a fheiceáil ag fámaireacht siar agus aniar iontu ná an tuar beag feamainne sin a choiscfeadh aistear don chomharsa. Nár ba é an t-achar is faide gur ag daimhsiú jig ar bhur n-uaigh a bheas siad!' adúirt sí."

"Dúirt?"

"Dúirt anois?"

"Dúirt, dar mo choinsias!"

"Nach beag de shuim atá aici a bheith ag eascainí ná ag loscadh mionna móra!"

"Nach beag d'fhaitíos í roimh Dhia ná Mhuire!"

"Ó bhó go deo, nach í an maistín í!"

"An raicleach."

"An rálach."

"An raibiléara."

"Is cóir, adeir siad, go gcoipfeadh fuil Bhreathnach i lár na farraige. Gan í féin agus a bhfuil ina teach sa duibheagán is doimhne ansin amuigh!"

"Sa duibheagán is doimhne ansin amuigh."

"Sa duibheagán is doimhne ann."

Chruach Leathmhaing é féin siar giota eile ar a ghog-
aide. D'iontaigh Claonfhéachaint ar a leathriasc deis-
eal. D'athraigh Cam-mhuineál go dtí an ghlúin eile.

"Ní hiad na Breathnaigh féin is measa ach an streill-
eachán sin ag Patch a thug ionlach dóibh thoir ansin sa
gCurraigh."

"A thug ionlach dóibh?"

"A thug ionlach dóibh, dar Dia."

"Labhraigí go réidh!Seo chugaibh é!An streilleachán!"

Ghabh sé síos ar a dhá ghlúin idir Leathmhaing agus
Claonfhéachaint. Thosaigh ag mionchasacht. Bhí trí
phíopa cocáilte air agus a dtoit ramhar dhá sua ag an
ngaoith thrína anáil phreabanta.

"Ní bheadh aon chipín agaibh?" adeir sé.

"Cipín! Is dóigh go raibh cuailín díobh i dtaisce ag
Fear Rua na Ruibhe sul ar tháinig an Cogadh," arsa
Cam-mhuineál. "Níl agamsa ar aon chor."

"Ná agamsa."

"Ná agamsa."

"Dheamhan deargadh níos gaire ná na tithe mar sin,"
adeir an Streilleachán, agus d'fhéach go díomuach ar na
trí bhéal ag loscadh deataigh go fíochmhar, amhail is dá
mba chuid de dheasghnáth—de dheasghnáth mallaíochta—
a bheadh ann.

"Faraor nár thug mé splanc liom. Tá mé scrúdtha gan
gail."

Thóig Cam-mhuineál a phíopa as a bhéal. Chuir a
cheann i gcúl a ghlaice. Bhrúigh an tobac lena ordóig.
Bhuail béal faoi sa gcosamar feamainne brúite agus puití
a bhí ar uachtar rocach na leice é. Thit burla leathdhóite
tobac anuas ag a mhása. D'fhéach siar aríst ann:

"Shíl mé ach a mbaininn an luaith as go mbeadh an

31

oiread ann is a chuirfeadh dinglis bheag i do chláirfhiacail," adeir sé. "Ach tá an ghail ghorm caite ann. Is iomaí cipín ceanndearg fáilí a folcadh faoin bpoll sin amuigh le cúpla bliain."

Rop Leathmhaing burla as a phíopa féin anuas ar an leic.

"An amhlaidh nach bhfuil aon chipín ag na Breathnaigh?" adeir Claonfhéachaint, ag taoscadh amach a raibh ina phíopa féin. Chaoch súil ar Leathmhaing. Chaoch Leathmhaing súil ar Cham-mhuineál. Chaoch Cam-mhuineál súil ar Chlaonfhéachaint. Chaoch Claonfhéachaint an dá shúil faoi seach ar an Streilleachán......

D'éirigh an Streilleachán agus théaltaigh soir an duirling le claí na Curraí......

"Bailíodh leat anois."

"Bailíodh leat anois."

"Bailíodh leat anois, i dtigh diabhail."

"Ag iarraidh cipíní lá gála."

"Agus chomh gann is atá siad."

"Agus chomh daor is atá tobac."

"Is breá an sásamh air é."

"Ní theastódh uainn ach cipíní agus tobac a bheith i mboc boise againn dó."

"Faigheadh sé ó na Breathnaigh iad, ós orthu is mó a chomaoin."

"Tá sceilp mhór de phíopa tobac amú agam leis, ach b'fhearr liom sin féin ná an oiread dhá chroí a thabhairt dó is go bhfaigheadh sé aon ghail dhe," arsa Claonfhéachaint, ag ladhráil dó ar an leic chun an bruscar a bhí ag déanamh bachlóga toite fós faoina cheathrú a ghabháil.

"B'fhearr agus liomsa."

"Agus liomsa, creid mé dhíbh ann."

"Gan bhréig ar bith gheobhadh sé cipín agus goradh den phíopa dhá dtiocfadh sé le comhar, agus gan áit scartha a thabhairt do na Breathnaigh sa gCurraigh. Chuaigh sé in aghaidh an bhaile. Rinne sé drochdhaoine uile go léireach dhínn."

"Rinne sé drochdhaoine uile go léireach dhínn."

"Rinne sé drochdhaoine uile go léireach dhínn muis."

Dheasaigh Cam-mhuineál binn a bháinín anonn le taobh íseal Leathmhainge, lena chipín sin a chumhdach ar shireoireacht dhána na gaoithe.

"Ní bhfuair mé sásamh ar bith ar mo ghail ar ball."

"Ná mise."

"Ná mise ach an oiread libh."

"Is breá an rud gail ar só."

"Is fíor dhuit."

"Is fíor dhuitse sin."

"Nárbh fhearr dúinn scathamh eile oibre a dhéanamh?"

"B'fhearr."

"B'fhearr. B'fhearr sin."

Dhírigh Claonfhéachaint suas dhá leathriasc agus d'fhéach soir. Dhírigh Leathmhaing suas dhá ghogaide agus d'fhéach soir. Dhírigh Cam-mhuineál suas dhá leath-ghlúin agus d'fhéach soir:

"Beidh an Churrach spréite le feamainn gan mhoill."

"Gan mhoill muis."

"Gan mhoill ar bith muis."

"Is do na Breathnaigh is fusa sin agus chúig chrúbálaí acu ann dá stialladh leo aníos."

"Chúig chrúbálaí gan bhréig."

"Chúig chrúbálaí gan bhréig ar bith."

"Sé an áit a bhfuil an Streilleachán faoin gclaí thoir

ag comhrá leis an máthair agus leis an inín."

"Leis an máthair agus leis an inín?"

"Leis an máthair agus leis an inín, dar Dia."

"Níor lig sé an mí-ádh ag diúl air féin nó go ndeach-aigh i gcomhar le na Breathnaigh."

"Bréanfaidh an bhrotuinn sin a streille fhada mar bhréanadar a liacht streille nach í."

"Is gearr ó gur ar dhrámhasaí Dé a bhí sé dhá gcur."

"Agus ag dul chun cúirte leo bog te. Rinne a gcuid beithíoch foghail air i mbarr an bhaile. Dheamhan lá beo nach ag foghlú air atá siad."

"Mhionnaigh sé dar luaith Ifrinn dom féin nach raibh siad ag fágáil aon fhód móna ag gabháil leis agus go mbeadh air a dhul chun an phortaigh roimh lá ag faire."

"Agus gur ghoid siad clúid fhataí as an scioból air agus go mbeadh sé i gcleithiúnas aráin go fómhar...... Aire dhíbh! Tá muid braite acu ag féachaint orthu......"

D'iontaigh Leathmhaing an taobh íseal siar aneas i mbéal na gaoithe. D'iontaigh Cam-mhuineál sléim á mhuiníl soir aduaidh i mbéal an bhaile. D'iontaigh Claon-fhéachaint a chuid súl i dtiomchuairt darbh fhearsaid Inín agus Máistreás an Bhreathnaigh agus an Streill-eachán:

"Ní bheadh a fhios agat cé an grá a thug sé dhóibh d'aon iarraidh. D'eitigh sé faoin gcarr iad seachtain sa lá inniu."

"Agus faoi shluasaid."

"Agus faoi ghráinne siúcra agus gráinne sóda agus braon bláthaí."

"Dé hAoine seo caite thug sé cneamhaire ar an athair."

"Agus scaibhtéara ar an mac Dé Sathairn."

"Agus raibiléara ar an máthair agus boilgín brothall-
ach ar an inín Dé Domhnaigh."

"Is doiligh an saol seo a bharraíocht."

"Deir siad ariamh é, a mhaisce: is doiligh an saol seo
a bharraíocht."

"Ní bheadh a fhios ag aon duine céard atá idir an
Streilleachán agus iad féin," arsa Leathmhaing.

"Sin é an chaoi lena rá: ní bheadh a fhios ag aon
duine céard atá idir é féin agus iad féin," arsa Cam-
mhuineál.

"Tá a fhios agamsa," adeir Claonfhéachaint de
phlimp, ag lúbadh timpeall dó chuig Leathmhaing a bhí
siar aneas i mbéal na gaoithe, agus chuig Cam-mhuineál
a bhí soir aduaidh i mbéal an bhaile. Bhí a shúil ina
buachloich a raibh snas diamhair i gcuid di agus a
ciumhais eile faoi chré go fóill. Chaoch í ar Leathmhaing.
Chaoch í ar Cham-mhuineál. Ach níor chaoch Leathmhaing
aon tsúil ar Cham-mhuineál, ná níor chaoch Cam-mhuin-
eál aon tsúil ar ais ar Chlaonfhéachaint. D'fhanadar
beirt ansin — siar aneas i mbéal na gaoithe agus soir
aduaidh i mbéal an bhaile — ag tnúthán le léas eicínt
tuisceana ón tsúil leathréaltach.

D'iontaigh Claonfhéachaint agus rinne soir ar an snáth
mara, áit a raibh cornaí scuabacha feamainne nár fhéad
na fátallaithe eile bráigill a dhéanamh díobh go fóill. Ar
theacht go béal na duirlinge dhó thug a aghaidh timpeall
ar an mbeirt a bhí siar aneas agus soir aduaidh i gcónaí.

"Tá a fhios agamsa é. Tá a fhios agamsa go maith é,"
arsa seisean aríst, de ghlór buacach údarásach: glór an
fheasa.

CIUMHAIS AN CHRIATHRAIGH

"Cé an smál atá ag teacht orm......?"
An meascán ime nár dhíogáil Muiréad sách cúramach. Nuair a bhí sí dhá chur isteach in íochtar an drisiúir scaoil sprochaille dhe anuas ar an bprionda agus amach ar a ladhair.

"Cé an smál atá ag teacht orm......?"
Chuir sí an cheist in athuair le héisteacht le cantal a glóir féin. Ba roighin ón gcisteanach mhóir mhaoil an macalla a shú......

Níor chuimhnigh an claibín a chur ar an gcuinneoig tar éis í a bhrú isteach leis an doras iata.

"Fearacht an tslaghdáin ní foláir dó a sheal a thabhairt," arsa Muiréad, ag suí di ar an stól.

Ní shuíodh Muiréad le tuirse cnámh ach uair i bhfad ó chéile. Ba mhinic, ámh, an cantal dhá cur ina suí le roinnt laethanta anuas. Ba chruaí an cantal sin ag lomadh síos i gcré fhiáin a fréamh ná aon deachmha eile dar ghearr an saol uirthi go fóill. Bhásaigh a haon deirfiúr i Meireacá. Báitheadh a dearthair. Éag a máthar deich mbliana ó shoin a d'fhág ina haonraic í ar chiumhais an chriathraigh mhóir.

Chuaigh an brón seo ina phéiste polltacha thrí ógthoradh a haoibhnis. Má chuaigh níor choisc sé í ó Earrach ná Fómhar a dhéanamh, ó fhreastal do mhuca ná d'éanlaith, do bheithígh ná do mhaistrí, ná ó cholbhaí den chriathrach a shaothrú. Luath go leor a fágadh í i muinín saighdiúireacht a géag féin. Iata sa gcaiseal seo di ba thír theiriúil, ba chríoch námhadúil lámh chabhrach ná béal comhairle ar bith eile. Bhí an oiread dá dúthracht caite ag déanamh díogaí dorú sa móinteán le deich mbliana is go raibh a haigne ina linn: linn mharbh a bhí cuibhrithe ag cheithre cladaigh díreacha Earraigh, Shamhraidh, Fhómhair agus Gheimhridh......

Ba é an lá go n-oíche a chéas í ar bhainis Neainín Sheáin a mheabhraigh di go bhféadfadh malairt cladaigh a bheith ar an linn. Ag síorchuimhniú ar imlíne na gcladach a bhí sí ó shoin; ag gléas tamhan cúlta smaointe sna gannshamhaileanna a thóig sí ó thlacht aitheantais móinteáin, cnoic agus cuain......

Earrach, Samhradh, Fómhar, Geimhreadh. Eallach. Muca. Maistrí. Díogaí. Deich mbliana...... Deich séasúr ina heochrasach, iata i linn...... Agus áthanna glana ag uachtar abhann......

Tháinig eireog ag grágáil isteach i lár an tí. D'éirigh Muiréad lena cur amach. D'athraigh an t-éan cúrsa ar sheol so-ghluaiste a sciathán, chuir an luaith ag frasaíl agus thuirling ar bhruach na cuinneoige. ''Mo chuid tubaiste leat, a rálach! Tá an bainne ina phicill luaithe agat, tar éis mo shaothair......! Creidim gur smál eicínt féin é......''

Ba mhinic adeireadh a máthair nach raibh maistre an Luain sona. Ní raibh aon ghéilliúint ag Muiréad do sheanchaint den tsórt sin. Ach loine ní chuireadh sí i gcuinneoig sa Samhradh féin agus bainne ina dhórtadh ag an loilíoch......

Inniu, den chéad uair, a thuig sí go follasach gúrbh

fhearsaid riachtanach ina saol an turas ar an siopa gach maidin Luain......

Ní dhearna sí aon mhaistre Luain le deich mbliana......

Bhrúcht aniar thrína hintinn, ar áit na feirste, cúltsruth rágach, a thiomsaigh chuige féin torchairí a cantail uile. Ba í an chomhla dhall sin ar uachtar láin a hintinne a choinnigh uair moille ar an maistre......

B'oilithreacht fhuascailteach an turas sin, a thugadh go barr binne gaofaire í, as gabháltas cúng a lae agus as criathrach caoch a seachtaine......

Phreab a hintinn treasna an chriathraigh mhóir go dtí an mála bran a suíodh sí air i siopa Bhun Locha. Ba shólás a bheith i gcamhaoineach an tsiopa bhig aon fhuinneoige dhá biaú féin ar na haislingí a raibh tuilleadh agus a ndíol díobh ag daoine eile......

Earrach, Fómhar, beithígh, maistrí, díogaí......

Ba shin iad freisin monadh comhrá ban Chill Ultáin agus an Chinn Thiar a thigeadh chuig an Íclainn i mBun Locha lena gcuid leanbh. Ní shamhlaítí do Mhuiréad, ag éisteacht di leis na mná ag ceiliúr sa siopa, gurbh ar leithéid a hEarraigh, ná a beithígh ná a díogaí féin a bhídís ag trácht. Ba ar Earrach, beithígh agus díogaí é as tréimhse sul ar briseadh na slata draíochta: Earrach, beithígh agus díogaí anall ón aimsir ghil aerach úd roimh theacht dise ar an saol......

Bheadh Meaig Mhicil i mBun Locha. D'fhanfadh sí le Muiréad agus d'fhanfadh Muiréad — fearacht i gcónaí — nó go mbeadh na mná eile réidh. Ansin thiocfadh sí féin agus Meaig abhaile i gcuideachta, mar nídís gach Luan. Leis an driopás a bhí uirthi ag tabhairt a peata ghoilliúnaigh chuig an Íclainn ní raibh ionú ag Meaig inniu a gnáth-bhrúcht cainte a chur di ag geata Mhuiréide. Chuirfeadh sí an siopa thrína chéile leis an bpeata linbh. Bheadh sí chomh piaclach ina thaobh ar an mbóthar abhaile is nach gcrothnódh sí smúit an chantail uirthi féin,ach oiread le lá ar bith eile......

Cúig nóiméad don haon déag......

D'éirigh Muiréad le féachaint a raibh earra ar bith de dhíth uirthi ón siopa. Bhí an máilín bran ina chruit bhog fheiceálach sa gcófra, gan aon ídiú mór ón lá ar thug an leoraí taistil chun na sráide é. An páipéar leath-fholamh min choirce mheabhraigh sé go raibh rún aici min bhuí a fháil le seachtain anuas. B'earra shaor fholláin í leis an mbearna ocrais a dhúnadh idir na seanfhataí a bhí ídithe aici agus na fataí nua nárbh fhiú a rómhar fós......

Déarfadh sí gur le haghaidh cearc nó muc í. D'fhanfadh nó go mbeadh gach duine riartha. Bhíodh coisliméara eicínt istigh i gcónaí, ámh. B'eolas do Cháit an tSiopa, dar ndóigh, go raibh Muiréad ag déileáil leis an leoraí taistil. Chuirfeadh sí filleadh beag gangaideach ina béal:

"Ag cuimhniú a dhul ar 'starababht,' a Mhuiréad......!"

Ba táir le gach aon, cés móite de chorrchailleach, 'starababht' a ithe le blianta anuas. Agus gan an dá fhichead baileach scoite aici féin fós! Eochrasach......

Bhí an tseilp in íochtar an drisiúir chomh luchaithe leis an gcófra. Pósadh Neainín Sheáin ba chiontach le go raibh an lastas deiridh ón siopa neamh-bhearnaithe go fóill......

B'iníon dearthár di Neainín. Níorbh as an dlúthghaol sin a tháinig a cion ar Neainín. Ní fhéadfadh Muiréad féin a inseacht go barrainneach cérb as ar tháinig, nó ar bheag mór é. Gach aon Domhnach ó bhí sí ina girsigh, thigeadh Neainín anoir chuici ar cuairt. Théidís amach i gcuid-

eacht ag féachaint ar mhuca, ar chearca, ar ghoirt nó ar
aon mhainchille bháite den chriathrach a bheadh Muiréad
a thriomú. Uaireanta thugadh Neainín gearrchaile nó dhó
eile lena cois. Ar ócáid den tsórt sin sa Samhradh
théidís síos go dtí Poll na hEasa, le féachaint ar na brad-
áin ag rómhar i mbéal an tsrutha, nó suas Leitir Bric leis
na glaschuain a fheiceáil ina mbachaill niamhdha i
mbléin na gcnoc......

Tháinig de dhaol ar Neainín bhreá gur imigh agus gur
phós sí saighdiúr — saighdiúr nach dtiocfadh chuici ach
uair sa gcoicís. Seachtain ó inné bhí sí abhus ar cuairt
mar ba ghnáthach. Shiúileadar an gabháltas agus síos go
dtí Poll na hEasa. Ba é ar dhúirt sí go raibh na sicíní ag
méadú go breá, gur bhocht an éadáil cur tús bliana, agus
ar iontú di ó thámhlinn na hEasa, dúirt go raibh na bric
fré chéile imithe suas......

Sicíní, fataí, bric...... Ach níor thrácht sí a dhath faoi
phósadh......

Dé Máirt ba sheo abhus ar athchuairt í, le hinseacht do
Mhuiréad go mbeadh sí dhá pósadh Déardaoin! Thrí lasadh
gan bhréig! Agus gan í ach trí bliana fichead......!

An ruainnín muiceola a cheannaigh Muiréad le haghaidh
dinnéir do Neainín inné, bhí sí sa drisiúr fós, chomh
hamh le lot. B'fhurasta cuairteanna Neainín a chomhair-
eamh feasta. Ní chuirfí aon chaitheamh i bhfeoil Mhuir-
éide ar an Domhnach. Ba í an mhuiceoil an t-aon rud nach
raibh le fáil ón leoraí. Dá réir sin ní bheadh aon chall
siopa ar an Luan faoi chomhair an Domhnaigh dá éis. Bheadh
an Luan mar an Domhnach, an Domhnach mar an dálach,
agus Domhnach agus dálach mar a chéile ar nós líne
d'uibheacha glogair......

Bhí na muca ag dianscreadach sa gcró, agus ní raibh

an leath-dhoras dúinte i ndon sciathán ná píobán na gcearc a shrianadh ó choire ghlórach a dhéanamh den chisteanach. Níor bhac Muiréad le muic ná circ, ná le cupán tae "cosnochta" an eadra a líonadh cúinne dá hocras féin go dtí uair an lóin. Dul suas i bPáircín na Leice a rinne sí ag gortghlanadh an chuir tús bliana......

Ba mhó an salachar a bhí sna fataí ná a shíl Muiréad.

Bhí glúineach dhearg, flith, slóchtáin agus mogaill bharráiste gabhalaithe ar gach das, ag seangadh a lorgaí agus ag fálú na gréine óna chuid duilleog. D'ionsaigh Muiréad an daoraicme mhídhlisteanach seo. Ba líonmhaire go mór an fhialusra ann ná anuraidh, tar éis gur mhó an saothar a rinne Muiréad ag tógáil clascanna i mbliana. Bhí sé chúig bliana ó bhí an giodán seo faoi fhataí go deireannach. Caorán amh a bhí ann an uair sin, ach b'fhearr an barr a bhí air ná an iarraidh seo......

Bheadh Cáit an tSiopa ag rá má ba daor leo é a dhul go dtí an leoraí......

D'inseodh Jude Chill Ultáin do Cheaite an Chinn Thiar gur dhúirt Sagart an Mheigill léi go bhfeicfeadh sí a Cóilín beag ag rá an Aifrinn ar altóir Chill Ultáin fós...

Déarfadh Ceaite an Chinn Thiar le Jude Chill Ultáin gur innis Bean Chuimín Mhurcha di go raibh sí ag ceapadh go mbeadh beirt aici ar an luí seo, agus nach dtóigfeadh an dochtúr cianóg ní ba lú ná dhá phunt déag: chúig phunt an naíonán agus dhá phunt airgead lansa.....

Ní raibh barráiste ar bith ar an gcur óg ar an gcúl ó thuaidh... Dath an bharráiste a bhí ar a gruaig féin.... Deich mbliana ó shoin... Deireadh a máthair gurbh uabhar a bheith ag féachaint rómhinic sa scathán. Ba shin é a níodh Liúsafar. Bhíodh cíor aige de ghaethe gréine ag slíocadh a chuid buíbhachall!. Sa deireadh sháigh sé leota dhá theanga amach faoi Dhia......

Thiúrfadh Meaig Mhicil a leanbh i ngreim láimhe ó dhuine go duine. Bhí coimhthíos déanta ag an gcodladh anois uirthi dá bharr......

Leasaigh sí ar fheabhas é le lucht de ghaineamh griúánach, agus bualtrach caca cadáis an mhaoil os a chionn. Dhoimhnigh na díogaí uaidh......

Ní raibh sí siúd fiche bliain fós. D'innis sí a haois an Domhnach deireannach a raibh sí abhus le Neainín. Níl Domhnach dá dtagadh sí i leith nach n-insíodh a haois..... Scáile docht de bhlús a bhí uirthi oíche na bainse. Bhí cumraíocht a dhá cíoch go glé thríd mar dhá úll a bheifí tar éis a scoth den chraoibh: úlla ina bhfanfadh an tsine...... Agus an chaoi a ndearna sí sacshrathar di féin istigh ina ucht......

Criathrach caca a bhí ann agus b'amhlaidh dó nó go ndoireadh grian gealach......

Phóg Neainín a saighdiúr gan cás ná náire os a coinne. Bhrúigh an dís isteach doras duibheagánach an sciobóil. Ní raibh sé d'fhoighid acu fuiríocht nó go scaipeadh an chóisir......

Níor chóir go mbeadh aon bharráiste ar an íochtar anseo ach an oiread leis an gcúl ó thuaidh..... Earrach. Fómhar. Maistrí. Díogaí. Eochrasach......

Níor thúisce na gearrchailiú amach an doras ná rugadh orthu abhus agus thall. Lig chuile ghearrchaile ariamh acu síon bhreag chomh luath is a cartadh isteach i ngabhainn na lámh í. Ach gháireadar ar an bpointe aríst. Ag gáire a bhíodar ag dul siar sna tomacha ar chúl na gcroithe agus síos an seanbhóithrín cúinneach. Phlúch bosca an cheoil i dteach na bainse síon agus gáire in éindigh..... B'ealaíon é sin freisin...... An dá

42

cheoltóir tosaigh ag comhsheinnm......

Galra galánta an diabhail air, mar bharráiste! Ar an tanaíochan chois na leice a bhí aige a bheith agus ní thíos anseo ar na híochtair......!

Rop óganach uaibhreach eicínt i leith dhá fastú féin. D'ainneoin na hoíche d'fhéad sí, lena ghaireacht is bhí sé di, a fheiceáil gur ceannaghaidh rosach buí a bhí aige. Thaispeáin an toitín ina bhéal di an lasadh ina shúile agus an goirín ar a ghrua. Bhí baladh te an óil ar a anáil agus súgaíl ar a chuid cainte. Leag sé buicéad uisce a bhí le corr an tí agus é ag preabadh faoina déin...... Níorbh í an tsíon a lig sí a chuir guaim air. Bhí na lámha leata aige agus a aghaidh cromtha uirthi anuas. Ansin d'aithin í agus ghliondáil leis......

A leathoiread luifeármaí ní raibh ar an gcnocán san áit ar dhual di a bheith. Ní dheachaigh gaineamh griúánach ar bith ansin, ná aon aoileach, ach tuar tur an asail......

Nóiméidín ina dhiaidh sin chuala sí a gháire ag binn an tí. Ba é a gháiresan é. Ag inseacht do bhuachaillí eile a bhí sé gurbh fhobair dó...... An cabairín......!

Loic na fataí sa mBuaile anuraidh. Sin é a d'fhág d'uireasa seanfhataí anois í.....

Ní bhfuair dé i dteach na bainse níos mó an oíche sin air. Ba chiotach nár aithin sí é! Cheal gan a bheith ag dul amach ar fud na ndaoine. Súile lasta. Rosach buí.....

Criathrach caca. Chomh crinnte spalptha le seanchnáimh ar an leic agus róbháite ar an íochtar......

Síon diúltach a lig sí féin...... Rinne sí clamhsán ina thaobh le Neainín ina dhiaidh sin. Ag súil le fios a ainme a bhí sí. Ba é an saighdiúr a d'fhreagair í:

"Dheamhan dochar a rinne fáscadh breá láidir d'aon bhean ariamh, a Mhuiréad......"

Fáscadh breá láidir......

"Cé an smál atá ag teacht chor ar bith orm?" arsa Muiréad, ag strachailt lán a ladhaire as an iomaire idir chré agus eile.

"Cé an chaoi a n-inseoidh mé é seo don tsagart.....? Cé an chaoi a n-inseoidh mná óga na bainse fré chéile é......? Ní raibh mise siar ar chúl na gcroithe, i bhfalach ar chuile shórt, ach ar réalta Dé......"

"Barráiste caca!" arsa sise, ag meilt na bhfocal aniar thrí shéanas a draid uachtair.

Mar sin féin, níor ghlac col ina céadfaí í leis an luifearnach uaibhreach, mar ghlacadh babhtaí eile. Thug gabháil shoip ón íochtar go dtí an leachta ar an leic. Ag dul siar an chlaise di níor thóraigh a polláirí baladh an dúchain. Gach tráthnóna an taca seo de bhliain shiúileadh sí a gort fataí d'aon uaim le deimhniú nárbh ann dó. Bhí cluasa beaga rua ar na duilleoga agus carraíocha de lobhadh bán ar chnocán maolscreamhach na leice. D'fhulaing súile Mhuiréide go neamhpháisiúnta iad.

Thit streachlán den ghabháil ghiobach. Ar a bheith íslithe dhi dhá thiomsú chonaic gur barrannaí fataí a bhí ann. Bhí fata bisithe ar cheann amháin a ropadh aníos ón bhfréimh. Gáire cuasaithe a rinne éadan Mhuiréide le linn don cheist chéanna a bheith aríst eile ag gíoscadh aniar ar a hanáil:

"Cé an sórt smáil é chor ar bith......?"

Chaith uaithi an sop ar an gcnocán. B'ionadh léi nár oscail neamhghlaine an ghoirt cuisle thréan a himní. Bhí néal, néal éagruthach, néal dorcha, ag luí ar an gcriathrach. Níorbh fhios do Mhuiréad céard ba tuar don néal sin. Ba bheag aici, go cinnte, ar ala na huaire, é a bheith ina loiceadh bairr ná dúchan......

Facthas ariamh do Mhuiréad gurbh aoibhinn don duine a d'fhéad an bagáiste a scoradh dhe féin agus a dhroim a dhíriú san aer éadrom fionnuar. Bhí bagáiste na himní scortha aici féin anois......

Níor mhiste léi a dhul ar baosradh ar fud an chriathraigh an nóiméad seo de ló. Siúl spreangaideach na gcorr a dhéanamh ar bhruach na glaise. Tosaí, ar nós na gcearc, ag luí agus ag éirí sa bhfraoch. Uanaíocht ghoil agus gháire a dhéanamh do réir mar ba ré dhorcha nó scalán gréine a bheadh i nGleann Leitir Bric. Teacht go támhchéimeach anuas an sliabh leis an sruthláinín, cúnamh a thabhairt dá cheol meardhána in aghaidh na mboghailéar, agus osna a ligean san áit a raibh a streancán deiridh dhá dhaoradh sa scrath ghlogair. Imeacht ag dordsantacht ó thulán go tulán ar anadh aerach leis an dreolán teaspaigh. Na bric a leanúint go dtí gealáthanna uachtar abhann......

B'iontach léi a bhoirbe is bhí a hanáil, a ghlé is bhí a súil, ó chuir sí an bodharuisce as a geolbhach. Rinne an t-uisce íon barr easa a céadfaí a úradh. Ó theilg sí dhi a cúram tur bhí síongháire na bainse ina chlog binn síorghleárach ina cluais. Ba é an ceol céanna é le dord ainsrianta an dreoláin agus le haoibheall an tsrutha bhig dhaortha isteach den tsliabh......

Súile lasta......

Gheit Muiréad thart ón ngabháil shoip i leith an tí.....

B'fhusa inseacht don tsagart go raibh tú in éindigh le buachaill......

Bhí Meaig Mhicil ag dul síos an bhóthar, agus an leanbh aici i ngreim láimhe. Stopadh ó thráth go tráth chun a bhéal a chuimilt lena naprún. Marach gan Muiréad a bheith thar leath bealaigh chun an tí an tráth ar thug sí Meaig chun cruinnis dheifreodh le brúcht comhrá a dhéanamh. Níor ghar brostú. Bhí Meaig dall.....

Bhuail éad í leis an mbean eile in imeacht ala an chloig. Ba mhéanra di mar Mheaig, nach bhféadfadh rud ar bith a dhul idir í agus a cúram piaclach don pháiste sin. D'fhanfadh Meaig go brách mar bhí sí féin le deich mbliana: Earrach. Fómhar. Maistrí. Díogaí. Imní......

An droim ar a mbíonn bagáiste an ghrá bíonn dóchas an ghrá agus más dóchas is imní — imní an ghrá...... An dteilgeann an droim an bagáiste sin freisin......?

Bhí prós dearbhach na ndeich mblian cuimlithe den mhóinteán ag eití faona an dreoláin teaspaigh, agus Muiréad dhá athscríobh ina chomharthaí ceiste ar an spéir shíoraí bhodhair......

A sonas leithleasach féin a bhí ariamh ó Mhuiréad. Uaireanta, ámh, ní bhíodh an caiseal i riocht an solas niata as saol daoine eile a choinneáil amach. Ansin d'fhéachadh Muiréad uaithi ar an saol agus dhúlaíodh a thaispeáint go raibh ósta don ghaisce agus don íbirt ina croí féin freisin. Ó ba é an criathrach an t-arracht ba ghaire dá láimh d'ionsaíodh go fíriúil — bíodh gur go neamhriachtanach — é.

É a thriomú. Cuid suntais a dhéanamh dhe. An saol a chur ag caint air amhail is dá mba ar niamhinín é, nó ar éachtmhac. Cuimhne a bheith ar a saothar fós mar bhí anois ar amhrán shaobhfhile eicínt den tseanaimsir. Í féin a fhágáil ina haisling bhuain ar chlár an chriathraigh le léamh ag an té a thiocfadh......

D'eascraíodh a tnútháin suas, ina stumpaí de bhogha ceatha, as dhá cheann an mhóinteáin. Ach sheasaidís, i gcónaí ariamh, ina dhá lorga bhriste ag sliasta na spéire, agus an criathrach mór mar dhing eisíon dhá gcoinneáil

46

dealaithe gach uair......

Thuig sí inniu gur chaoifeach nár mhór, caoifeach a ghabhfadh faoi scair de bhagáiste a himní. Ní fhéadfadh sí féin choíchin na lorgaí briste a shnadhmadh ina stua lán, ná fíon geal súgach an dóchais a dhéanamh d'uisce bréan an amhchriathraigh......

Ceannaghaidh rosach...... D'aithneodh sí aríst é...... D'aithneodh dá bhfeiceadh ach ní fheicfeadh. Ar baosradh i Sasana nó sna saighdiúir a bheadh sé, agus pósta.

Chuaigh Muiréad siar sa seomra go dtí an scáthán nár fhéach sí le blianta ann, ach amháin maidineacha Domhnaigh, roimh imeacht di chun an Aifrinn......

An ghruag throm sholasmhar ar bhuíocha an bharráiste go fóill. An aghaidh dhea-chumtha chomh háilíosach le toradh aipidh...... Bhí an ghrua riafa le eitrí díreacha...... Bhí an chorróg agus an más ag fairsingiú an tseanghúna...... Eochrasach......

Diabhal eicínt a bhí ag cur cathuithe uirthi......

Bhí an bhó le bleán. Ansin a thuig sí gur fhág cíléar an bhainne ramhair gan sciúradh tar éis an mhaistre. An maistre breá ba tús leis uile go léir! Ní dhéanfadh sí aon mhaistre Luain feasta. Díth céille na hóige, b'fhéidir, a thug di gan aon aird a thabhairt ar na seandaoine.....

D'ardaigh an cíléar amach go dtí claí na hiothlann chun é a chuimilt le gaineamh. Ní fhaca sí Pádraig Dháithí nó gur chroch a ''Bhail ó Dhia'' a ceann dá saothar. B'ionadh léi nár bhuail Pádraig a leathbhróg suas ar chéim sconsa na sráide. Choinnigh ag féachaint ina dhiaidh nó gur bhailigh sé suas an bóthar. Bhí a choisíocht bheo ag cur stuaice uirthi. Ní raibh anois i gcéim a sráidese ag Pádraig ach céim eile sa gcora, arbh í céim a shráide féin a ciumhais thall......

47

Bhain Muiréad fleas canna de thaobh an chíléir le díocas a ladhar. B'iontach an bhroid a bhí i bPádraig Dháithí! Nach bhféadfadh sé dreas cainte a dhéanamh mar níodh gach tráth a castaí an bóthar é......?

Bhí an t-uisce bruite ag plobáil as lámha Mhuiréide thar bhruach an chíléir, agus ag sciúradh na créafóige grianfhuinte de na clocha duirlinge sa tsráid......

Ní féidir gur duine eile clainne a bheadh tigh Phádraig? Bheadh tuairisc ag Meaig Mhicil, dá mbeadh sé d'fháilíocht inti seasamh, ar a céim suas nó ar a céim síos, le labhairt le duine. An siar ann a bhí a deifir ar maidin? B'fhéidir, tar éis an tsaoil, nár thug sí an páiste thar an scoil. Céard a bheadh sí a dhéanamh thiar ann an t-achar sin? Fuiríocht ann go raibh sé in am baile ag na scoláirí! Céard a bhí sí a dhéanamh ann......?

B'ait le mná pósta, i gcónaí, a bheith ag méiseáil i dteach clainne. Chloiseadh sí sa siopa iad ag rá go gcuiridís cuthach ar an dochtúr ar ócáidí den tsórt sin.

"An bhfuil tinneas clainne ortsa freisin?" adeireadh sé le duine ar bith díobh a tharlaíodh ina bhealach.

Ansin ligeadh an bhantracht, as béal a chéile, racht gáire a líonadh an siopa beag dorcha, ar nós éan mór diamhair eicínt ag foluain a sciathán sa gcamhaoineach. A thúisce an racht sin díobh ag na mná thosaíodh gach beirt acu ag caint os íseal. Níor fhéad Muiréad ariamh bunúdar a ngáire, ná a dtóir ar thithe clainne, a bharraíocht. Snámhaí bocht spadchosach ar sheiche an chriathraigh a bheadh go deo inti, ag féachaint in airde ar na héanlaith ag spréamh a sciathán ar bhuaic an bhogha ceatha, agus ag seinnm a rúnphort i gcluais na gréine.

Chaith Muiréad tamall ag féachaint i ndiaidh plobóga an uisce bhruite a dhóirt sí amach sa bhfiodán le bóthar...... Ag cuimhniú a bhí sí ar a liacht oíche a chaith Pádraig Dháithí ag comhrá léi, ag céim na sráide agus thuas ag balla na scoile. Mar ghairdín amhra a chumfadh é féin seal nóiméide as dúla dalla an chriathraigh a chuimhnigh Muiréad anois ar an oíche dheireannach úd, an oíche ar dhúirt sé léi go n-iarrfadh sé Nuala Hiúí, mara bpósadh sí féin é...... Agus bhí an naoú duine clainne saolaithe inniu dó féin agus do Nuala......!

Ar éigin a bhí Muiréad istigh sa teach leis an gcíléar san am a raibh an gadhar isteach de ruathar ina diaidh. Chuaigh de léim ar an gcathaoir agus rinne sé a theanga a spréamh go hanbhuaineach ar an mbord, ag líochán an spros aráin nár ghlan sí i ndiaidh a dínnéir. D'ionsaigh ansin ag smóracht agus ag crúbáil ar chomhla an drisiúir. An canda aráin a thug Muiréad dó ní dhearna dhe ach lán béil, agus shníomh a chosa tosaigh suas uirthi ag tnúthán le tuilleadh. Ar bhreith dó ar an dara canda uaithi shíl an tsráid a thabhairt air féin leis, ach bhuail Muiréad an braighdeán den bhalla timpeall a mhuiníl. D'ainneoin a chuid glamhóide d'éignigh léi siar ar chúl an tí é. Dá mba istigh sa gcisteanach a chuibhreodh sí é ní ligfeadh a shíorgheonaíl néall codlata léi go maidin.

Bhí na cearca tar éis dul ar an bhfara sa bpúirín. Ní fhéadfadh sí é a chur ansin. Ná i gcró na muc ach oiread. Bhí cró na mbeithíoch falamh, ach níor tháinig Bile Beag leis an doras nua a chur air fós. Ba phian chluaise chomh mór é an gadhar i gcró gan doras, le bheith istigh dó sa teach. Chaithfeadh sí rud eicínt a dhéanamh leis ar aon nós, nó go mbeadh an bhó blite.

Léirscrios air mar ghadhar! Shíl sí go raibh suaimhneas beag i ndán di ó a dhíol sí an t-asal. An t-asailín breá! Grianchogar an dreoláin a bhioraíodh a chluasa móra marbha. Rópa ná gabhainn ní chuibhreodh ar an ngabháltas é ó scardadh don tsamhradh geal ina ghlór agus ina chuisle......

D'fháisc glas ar an bpúirín agus shnaidhm an rópa do lúbán an dorais.

"Cá raibh tú, a rálach, nuaira bhí na gamhna ag déanamh aniar ar an scrath ghlogair inné? Nó inniu agus na caoirigh sa síol féir......?"

Bhuail Muiréad dá bróig thairní isteach ar an mbolg é. Níor éagaoin sé an iarraidh, ach rinne é féin a liocadh ar an talamh, a chluasa a mhaolú siar agus a liopa uachtair a bhogadh in airde, mar bheadh sé ag iarraidh maiteanais. Ba shin é an chéad uair ar thug Muiréad an íde sin ar an ngadhar. B'fhearr léi anois nach dtiúrfadh.

Bhí leota mór dá chluais ar sliobarna, úrscead rua ar a mhás, é ag imeacht ar thrí chois, agus a mhala anuas ina bhró fola ag dorchú lasadh a shúile. Ba é an chéad turas chun an tí aige le dhá lá é......

B'aoibhinn le Muiréad an bleán an taca seo de bhliain. Bhí dual dá tromfholt ag cuimilt le gorúnaí na bó, agus an bainne ina thrí streancáin fhiaracha, ag sceitheadh anuas chomh briosc is a sceithfdadh méara aclaí snáth de spóil. Lacht frasach tréan an tsamhraidh......

Tháinig fuaim eicínt ón tsráid a chuir an bhó le dod. Aird dá laghad níor thug sí ar an ascaillín soip ná ar an "Só bhó bhóin" a chan Muiréad lena tabhairt chun sáimhe. D'aithin Muiréad gur bheag eile den bhainne a bhí le tál. Marach sin ghabhfadh sí chun an tí faoi dhéin na buaraí. Bhí an dúchinniúint fuaite i gcónaí ar an gcriathrach —glais, rópaí, braighdeáin, buarachaí......

Thug an bhó gan aireachtáil tosach a crúibe don tsoitheach, agus sceith bleánach síos an cnocáinín crinnte chomh fada le bréinleach bualtraí......

D'fhan ag grinniú an bhréinligh uaibhrigh nó nach raibh léas de ghile an bhainne le feiceáil......

Amuigh ar an sliabh bhí an sruthláinín alluaiceach i marbhfháisc ag an scraith ghlogair. Anseo bhí an chlimirt gheal imithe síos i mbun an bhréinligh, síos sa dorchadas, chuig an bpéist agus chuig críonach na seanchoille. Shloigfeadh putóga bréana an chriathraigh gach aon rud— allas an duine chomh maith le climirt na bó— agus ní dhéanfadh dhe ach seamaidí colúla bréinligh, scrath ghlogair agus críonach......

Ba chóir don bhainne bríomhar sin scéimh eicínt a leasú, barr a chur aníos sa ngaoith ghlain agus sa ngréin......Dhéanfadh másaí a muc chomh bog le bológa úra. Dhéanfadh sé, de lao dubh an mhaoil, gaiscíoch tairbh a mbeifí ag tabhairt bheithíoch chuige ó chéin agus ó chomhgar. Dhéanfadh luisne ghléigeal a chur i ngrua linbh...... Climirt a bhí ag cur na bpluc ar pháiste Mheaig......

Níor dhonaide cnámha géagánacha Mhuiréide iad a bheith go dtí leibheann an dá fhichead bliain. B'fheidhmiúla inniu iad ná deich mbliana, ná chúig bliana déag, ó shoin......

Ach bhí an sruthlán cnaíte go dtí plobóg sa moing. An crann ba thóstalach bláfar i mbéal na gréine, ní raibh ann anois ach carcair ghiúsaí faoi thoinn an chriathraigh. Seancharcair chrosta......

Ní fios cá fhaid a bheadh Muiréad ag aifear a chuid coireanna ar an gcriathrach, marach gur chuala sí caoineachán. Bean a bhí chuici anuas an bóthar. Ghluais Muiréad soir le bheith faoina cóir ag an teach. D'imigh an bhean chuideáin léi síos, gan féachaint ar an ngeaitín

51

caolaigh ná ar chéim na sráide......

Bean tincéara a bhí inti. Níor mhór é a geaṅ ar mhná tincéara. Chuireadh amach iad chomh mín ˜gann is a d'fhéadadh—taobh le máimín chriochán go hiondúil. B'ionann ag Muiréad cneamhairí agus tincéaraí, d'ainneoin nár ghoideadar seo faice ariamh uaithi. Ach ní bhfuaireadar ar sliobarna é...... Ba ghnáthach léi an glas a fhágáil de shíor i lúbán an dorais bhóthair, agus é a chur mara dtéadh ach chuig cró ar chúl an tí. Bhí an gadhar múinte le faire a dhéanamh san oíche, nó nuair a bheadh sí féin giota ó láthair......

Siar cosán Mheaig Mhicil a chuaigh an bhean tincéara. Chuirfeadh Meaig amach taobh le cupla criochán í freisin...... Ní móide. Bhí fios a gnótha ag an tincéara. Déanfaí trua d'eire glórach a baclainne. B'fháilte a thíocht le malrach san áit a raibh malrach roimpi......

Ba bheag é spéis Mheaig in aon mhalrach ar ghualainn a malraigh féin. A thúisce, daile, is a chloisfeadh sí scread ullmhaithe an tincéara óig bhrúifeadh sí anall, threoródh a gasúr féin i ngreim láimhe lena thaispeáint, agus d'inseodh don bhean eile nach bhfuair sí aon néall codlata uaidh le mí...... Chomhairfeadh suas a aois go dtí an lá...... D'áireodh gach ní a bhí sé a cheasacht an tráth nach raibh aige ach aois an tincéara óig......

Climirt a bhí ag cur na bpluc air......

Gheobhadh an tincéara allúntas fial bainne dá páiste...... Ba dearfa go raibh fios a gnótha aici mar thincéara. Ní isteach chun tí a raibh a chuid climirte diúlta ag craos bréan an chriathraigh a thiocfadh......

Shiúil Muiréad aniar de leiceann na haille óna raibh sí ag féachaint indiaidh na mná. Bhí cupla cearc ag imeacht leathlionraithe ar chúl an tí fós. Ba shin é an uair a thug sí chun cruinnis cé an toirnéis a scanraigh an bhó. Bhí an gadhar greadtha, an lúbán foréignithe as an doras aige, agus lúbán, glas agus rópa crochta chun siúil! Lúbán ná glas eile ní raibh aici anois le cur ar chró na gcearc. Ná gadhar le airdeall a dhéanamh. Agus na tincéaraí campáilte sa gclais ghainimh ag Trosc na Móna......! A dtabhairt isteach ar an lota mar ab éigin di a dhéanamh cheana cupla babhta...... Agus a himní domblasta a ghabháil ina baclainn athuair...... Fanaidís mar tá...... Ba doicheall le na tincéaraí féin teacht ina gaobhar anois......

Leag Muiréad soitheach an bhainne istigh agus shuigh fúithi ar an stól......

Bhí sí rófhada inchollaithe i gcreat an ghnáis le scíth a ligean chomh luath seo sa tráthnóna. Níor mhór gabháil neantóg le haghaidh na gcearc agus na muc......

Chuaigh Muiréad amach aríst agus thart ó thuaidh an Leacachín, gur ionsaigh tom dlúth díobh leis an gclaí thiar...... Bia folláin d'éanlaith a bhí ins na neantóga. Agus do mhuca freisin. Chaithfidís déanamh leo anois go mbeadh na fataí luatha inbhainte...... Dá bhfeiceadh...... Dá bhfeiceadh féin...... Dá bhfeiceadh, céard déarfadh sí leis......? Dúirt mé liom féin, a Athair, dá bhfeicinn é go n-abróinn leis......

Strachail Muiréad an stoca dá láimh...... B'fhearr a dhul le baosradh bog te ná a bheith ag slíocadh gadhair fhiáin siar i bhfail a hintinne, ar a leithéid seo de chuma......Tá mórán in Ifreann nach ndearna ariamh é......

D'iontaigh anonn chuig na méiríní dearga, ar a raibh cluasa beaga le héisteacht ar feadh an chlaí thoir. Bhain méirín de dhos agus phléasc í idir pioraimidí a dhá ladhar. Oíche na bainse agus na damhsaí foirne ar siúl

53

níodh na buachaillí smeach mar sin lena gcuid méar. Ba chomhartha é dá bpáirtí go raibh a ndreas-san den damhsa ag tionscailt...... Níor iarr aon duine ag damhsa ise, ar feadh na hoíche. Dá n-iarradh...... Ní dhearna aon chéim dhamhsa le deich mbliana ar a laghad..... Ba bheag damhsa a rinne sí ariamh. Bhí na tithe rófhada ó chéile ar an móinteán doicheallach......

Dá n-iarrtaí ag damhsa í cé an bealach a n-eiteodh sí an cuireadh......? Go raibh an bhróg ag luí uirthi......'Gur ghortaigh a rúitín an lá cheana...... Go raibh a bróga éadroma dhá ndeasú...... Ní fhéadfadh sí a rá nach raibh aon damhsa aici...... Bheadh sí ag bualadh faoi gach duine ar an urlár. Náireodh í féin...... Ach níor iarr......

Bhog a boinn agus ghluais a dhá béal go rithimeach...... Síos mar seo......, Suas aríst mar seo...... Treasna...... Timpeall......

Phléasc Muiréad a raibh de mhéiríní thuas ar an dos. Thug an saothar seo sásamh aisteach eicínt di nach bhfuair sí ar aon obair eile, in imeacht an lae. Ba shin é freisin, dar léi, an sásamh a gheobhadh sí ar thoitín a dheargadh, a pus a bhiorú agus súgáin chaola deataigh a ligean ar an aer. Níor chuir toitín ina béal ariamh. Ghlac na hógmhná ó na fir iad, oíche na bainse. Chlaonadar a gcloigeann isteach idir cúl na mbuachaillí agus an balla, le nach bhfeicfeadh an tseanmhuintir ina mbéal iad. Níor tairgeadh aon toitín dise. Dá dtairgtí, an ndiúltódh? Bhioraigh a béal......

Chuaigh go dtí dos eile. Gan mórán achair bhí colbha thoir an gharraí faoi bhulbaí briste de chrainn soilse na sí. Deireadh an seandream go raibh lóchrainn rúnmhara sna méiríní, agus gur lena solas a d'fheiceadh na mná sí, ar dhrúcht glas na hoíche, éadan an fhir shaolta ba chead-

54

aitheach dóibh a tharlú leo mar nuachar......

Fuaraídís ina gcraiceann sí! Bhí a chuid leannán féin sách gann ag an saol......! Arbh amhlaidh a chúlaíodh na fir sí siar uathu sa dorchadas agus pléascadh amach ag gáire......?

D'aithneodh sise é d'uireasa lóchrann méirín ná drúchta...... Níor ghá di, mar dhéanadh baothóga eile, a léine a níochán thuas údan ag cumar na dtrí sruthán i nGleann Leitir Bric...... Ceannaghaidh rosach. Goirín. Súile lasta......

Bhí crónachán an lae fhada beagnach téaltaithe nuair a tháinig beach antráthach, le díomua a tóra sna méiríní millte a ídiú ar a crobh......

Shiúil Muiréad aniar agus shuigh ar an leic mhóir ar aghaidh an tí. Níorbh áil léi tae ná bainne a ól aríst, tar éis iad a bheith ólta aici trí huaire inniu. Bhíodh Neainín agus na gearrchailiú ag rá i gcónaí go gcoinníodh tae ar a suipéar ar neamhchodladh iad.

Níor chuimhneach léi a bheith amuigh tráthnóna deirannach mar sin leis an tsíoraíocht. I lár an tsamhraidh féin bhíodh an maide éamainn leis an gcomhla aici, agus an solas lasta, ó ló. Le chúig sheachtainí anuas níor las sí solas ar bith ach luí agus éirí leis an ngréin. Ba mhairg nár smaointigh sí ar sin luath sa ló......! Ní raibh striog ola sa teach......

Dá mbeadh sé gan a theacht chuici ach uair sa gcoicís......!

Bhí an solas ag geamhadh ar an móinteán agus crobha fada fuara na hoíche ag sméaracht ar ghuaillí na gcnoc, dhá strachailt isteach sa duifean ag íochtar na spéire......

Chuir Muiréad a cluas leis an tséideoigín ghaoithe. Ní raibh geoin ar bith ó na tincéaraí sa gclais ghainimh. Ba é a raibh len aireachtáil cársán cuasach, mar bheadh ag seanduine ina chodladh. Bhíodh an cársán sin ag an gcriathrach an taca seo de bhliain i gcónaí. A phutóga bréana a bhí súite ag an triomach......

Bhí sí dall nár léar di go dtí anois é! An tsráid fuaite le copóga! Na géasadáin ag comórtas leis an bhfiúise le claí! Iad ina dtóstal uaibhreach isteach go tairsigh na fuinneoige, lena mogaill leabhra síl! Broibh bhioraithe—féasóg bhradach an mhóinteáin aríst!—ar chúl thiar Gharraí an Tí...... Ba é sin a bhí aici a chur i mbliana, mar adúirt Pádraig Dháithí léi a dhéanamh. B'fhearr an dóigh fataí é ná cré spíonta na Leice......

Ba gheall na tortáin ar an gcriathrach le beithígh, beithígh mhóra a bheadh ag fanúint crom, lena bhfogha a thabhairt ar éagadh don tsolas...... Bhí léas den lá gorálach ar Thulaigh an Fhéidh fós. Ar feadh nóiméide thug sí toirt gheal chun cruinnis ag dul thríd an scáthán cúngaithe sin...... B'fhéidir gurbh é Gilín a bhí ag filliúint ón tréad. Ó a rugadh ina uainín meirbh faoi Fhéil Bríde é níor fhág comhgar an tí go dtí ar maidin. Dá mba léi a bheadh sé ó thráthnóna, istigh sa teach a bheidís agus é ag placadh stiallóga aráin a mbeadh siúcra orthu as cúl a doirn. Ba chuideachta é an t-uainín le contráth fada samhraidh a chéasadh. D'airigh Gilín cruachúiseach anois. Níl aon lá le seachtain nach thuas ar an Aill Mhóir dhá ghrianú féin a bhíodh, agus ag éisteacht go soineannta......

Bhí sí cineálta leis an asal, leis an ngadhar agus leis an uan, ach ba chuma sin. Bhioraídís a gcluasa móra agus d'éalaíodh......

Bhí na cnoic mar bheidís lena hais aríst. Ba léire a bhfíorchruth sa dorchadas ná sa ló—faithní móra crua ar

56

shliasad an mhóinteáin. Amuigh ansiúd idir dhá chnoc, mar a raibh an poll geal san uaimh dúscamall ag bruach an aeir, a bhí an Meall Bán. Uaidh sin a bheadh Neain- ín ag faire an bhóthair, tráthnóna sa gcoicís, ag súil abhaile lena saighdiúr. D'fheicfeadh sí dhá mhíle ó láth- air é, adúirt sí. D'aithneodh a chuid cnaipí ag lonradh sa ngréin, adúirt sí. Rithfeadh isteach, adúirt sí, d'fhág- fadh an citil ag fiuchadh agus shiúlfadh síos an cosán le bheith roimhe ag béal an bóthair......

Copóga. Géasadáin. Broibh......

Ní inniu ná inné ná oíche na bainse a tháinig na gear- bóga míofara seo. Síolrú amach a rinneadar as giodán fialusach nárbh eol di a bheith inti féin go dtí anois. Ba é a raibh dhe gur éirigh clúid den cheo den chriathrach, in imeacht meandair, agus gur nocht os a cóir an scrath ghlogair ina raibh sí dhá múchadh.....

Ní thugadh an chriathrach ach anadh beag uaidh, don sruthlán, don dreolán, do gach aon rud. An preabán a d'éigneofaí as a ghreim, a ndéanfaí órdhiasa dhe bliain amháin, shíneadh sé isteach a ghéill bharbartha, lena chuid brobh agus bodharuisce a chur thríd an bhliain dar gcionn......

Ar a shon sin bhí an móinteán gafach lena héill go dtí i mbliana. Le bliain anuas a rinne an dath ar an doras na léasáin sceite ba dhearbhléir i mbreacghile na hoíche. Ba chóir di, mar mhol Pádraig Dháithí, cupla stráca tuí a chur i dtús bliana le taobh an tsimléir, san áit óna raibh an streoille súí anuas ar an mballa anois......

Mara dtigeadh sé go dtí í ach lá sa gcoicís féin, dhéanfadh sí giall brobhach an mhóinteáin a bhearradh agus a phutóga bréana a thraothradh dhá uireasa......

B'fhaoilí cuairt sa gcoicís ná Neainín gach Domhnach

agus ná an siopa gach Luan...... Bheadh a súil ó dheas
faoina choinne ón Aill Mhóir...... Chuimleodh cnaipí a
ionair le pont a méar...... Chuirfeadh sí ruainne ime gan
tsalann leis an ngoirín......

Ó, bhó, bhó, cé an chaoi a ngabhadh sí chuig an sag-
art lena scéal gleoite.....?

Chuaigh an mheann ghabhair thart san aer, a meigeal-
lach dhá silt anuas aici ar an gcriathrach agus dhá coim-
eascadh le loinneoig Mheaig Mhicil ar a cuairt antráthach
chuig an tobar. Ní raibh iarracht ar bith de lúcháir Mheaig
i nóta éagaointeach an éin. Shíl Muiréad dá mba é an lá
gléigeal a bheadh ann go bhfeicfeadh sí an mheann ag
tarraint scáile dhorcha, ba mhó go mór ná í féin, treasna
thríd an gcriathrach. Cumha, cumha anbhuaineach a bhí
ina glór: cumha a bhí fréamhaithe siar, b'fhéidir, go dtí
an ceann eile den mhóinteán, go dtí lúcháir, báinseoga
cumhra, baile a d'fhág sí ina diaidh......

Saighdiúr Neainín ag imeacht, uair sa gcoicís, tar éis
lá go n-oíche sa mbaile...... Sa seomra ba lú i dteach
mhuintir a mhná...... Ag tnúthán a bhí Neainín oíche a
pósta go dtiúrfadh Muiréad seomra ina teach féin dóibh:

"Ní chaithfinn oíche sa teach sin, i m'aonraic, a
Mhuiréad, dá gcuirtí ós cionn an airm uilig mé as a
ucht......! Fear ag dul síos agus fear ag dul suas, na tin-
céaraí sa gclais ghainimh gacha le coicís, agus an slua
sí ag druileáil ar an sliabh chuile oíche......! Nach
bhfeiceann tú nach bhfanfaidh an gadhar féin ann......!"

Amach as áirc leithleasach a deich mblian a d'fhreag-
air Muiréad:

"Tá doirse agus boltaí dúshlánacha air......!"

Tháinig aniar den fharraige, thar Chnoc Leitir Bric,
gaimhín ghaoithe a chuir barr na ngéasadaí ag cuimilt

sa bhfiúise. D'airigh Muiréad codladh driúillic ag snámh suas ina más ón leic chruaidh ar a raibh sí ina suí......

Tharraing triopall eochrach aníos as filltíní fairsinge a gúna...... Ní raibh aon ghlas ar an doras! Dhearmadaigh é a chur, ag fágáil an tí di go deireannach. Ní raibh sé curtha ach oiread agus í ag bleán. An gadhar breá ba chíontach......!

Bhí aici cupla fód coise a fhágáil sa tine. Níor léar aithinne beo sa spros luaithe. Gheobhadh sí crácamas ag déanamh tine ar maidin, gan deor ola faoi mhullach an tí......

Chrom Muiréad ar an luaith. Tharraing brionglán den tlú go dásach thríthi. Thug roinnt aibhleog díbheo aníos ar a huachtar. Chuaigh siar sa seomra,ámh, gan a gcnuasach, ná a gcoigilt i gcóir na maidne......

Dheifrigh a béal thrína hurnaí i bhfianais na leapan. Mar lochán cladaigh ag líonadh leis an sáile a bhí a hintinn, agus gan í acmhainneach ar na bricíní gorma, a bhí ag síorluain isteach agus amach faoi na clocha ann, a ghabháil......

Ach ba seabhrán eicínt taobh amuigh a chuir ina suí dá glúine í: geonaíl an ghadhair a bhí tar éis filleadh abhaile, nó tincéaraí ag guairdeall ar chúl an tí, b'fhéidir. Níor chuir an maide éamainn leis an gcomhla......! Ar theacht aniar sa gcisteanach di chonaic nach raibh an bólta féin air......

Níor bhuail aon fhaitíos í a dhul amach ar an tsráid. Ná siar ar chúl an tí...... Neainín lena cuid tincéaraí agus taibhsí......!

Bhí na cearca ar an bhfara agus piachán beag suain acu thrína ngoib. Fuair sí an bhó leis an móta ag cangailt a círe go sáimh......

Níor mhadadh, tincéara ná cársán sa gcriathrach a rinne an seabhrán...... An ghaoth, b'fhéidir, ag toinnteáil fuamán na taoille as an nglaschuan ar chúla Leitir Bric...... Nó plobarnaíl an tsrutháin dhá mhúchadh sa mbogaigh...... Níor ghá é a fhiosrú. Ba dóigh gur ceann de rudaí simplí an tsaoil a bhí ann, rud chomh simplí agus chomh diamhair lena hanáil féin...... Scíthshrannadh an bheo agus an fháis ag athnuachan a nirt, faoi choinne saothair an athlae dhóchasaigh......

Chuirfeadh an féar i nGarraí an Tí glúinín eile amach amáireach. Amáireach thiocfadh snafach faoin ngéasadán chois an tí. Charnódh an bhó úgh bhainne. Dhéanfadh an chearc údar uibhe eile a sholáthar...... Dóchas. Beatha......

D'iontaigh Muiréad aniar ar an teach aríst. Bhí sé ansin mar bhalscóid mhór ina shuí ar chrónchraiceann an chriathraigh. Ba chóir cead a thabhairt don chriathrach fás agus bláthú mar ba toil leis féin......

Chuaigh siar a chodladh in athuair gan bólta ná maide éamainn a chur ar an gcomhla...... Cér mhiste di a doras a bheith ina uaibhéal......?

Dá dtagadh sé...... Ag iarraidh solais le rothar a dheasú...... Ag filleadh ó theach ósta...... Bheadh doras fáilteach roimhe......

Céard déarfadh sí leis.....? Gur thug anáil phóitiúil isteach ar fud an tí.... Gur aithin sí a shúile, a ghoirín.....

Cá bhfios nach dtiocfadh.....? Le maiteanas a iarraidh faoin oíche úd..... Faoi iontú..... Agus pléascadh ag gáire fúithi.....

Cá bhfios muis.....? Níodh daoine rud den tsórt sin..... Má b'fhíor do na hamhráin..... An oíche a chéasadh ag déanamh leanna chois tí a gcumainn..... Scannán

60

forallais a bheith ar a aghaidh ar maidin...... Allas as
bruth an ghrá...... Amhrán a dhéanamh ansin agus a
hainm ann......Bheadh daoine ar nós Mheaig dá ghabháil
ag teacht ón tobar, nóag bréagadh a linbh, agus d'fhan-
fadh cuimhne uirthi féin go brách......

Dá dtagadh...... A leathbhróg a bheith ar chéim an
sconsa ag éirí di ar maidin, agus a fholt glas ó dhrúcht
na hoíche...... Gháirfeadh sí leis...... Gáire a bhioródh
cluasa an mhóinteáin agus a chumhródh a phutóga
bréana...... Gáire na bainse...... Bangháire......

Dá dtagadh......

Bhí codladh driúillic sa leataobh a bhí fúithi de Mhuir-
éad. D'iontaigh a haghaidh le balla......

Ach ní thiocfadh...... Ní raibh ina lá uilig ach saobh-
ealaín, mar bheadh sí ag iarraidh tuar ceatha a shníomh
as rudaí loicthe an chriathraigh—as dasa direoile an
ghoirt, as an sruthlán caochta, as an sproisín deannaigh
a dhéanfadh liopa an gheimhridh den dreolán ar thortóig
luachra eicínt......

Níor fhág sí an linn mharbh inniu ach oiread le haon
lá. Siolla glanghaoithe a thug an borbsháile isteach den
tseiscinn agus a chuir an linn ag guagadh. Mar phaisin-
éara ar bhád nach dtiocfadh aon fhoireann ó na hóstaí
chuici leis an taoille tuile a thapú, d'fhuirigh feistithe
sa támhchaladh......

Agus ba shin é saothar tubaisteach a lae! An cumh-
dach a réabadh de thiobrad thoirmeasctha a croí agus a
dhul ar snámh sa tuile dhorcha a dhóirt as. Míshásamh.
Mianta fraochmhara. Eagla i riocht úr. Uamhain chomh
héagruthach le plobarnaíl in abhainn san oíche, nach
mbeadh a fhios arbh iasc é, luch Fhrancach, sciotar
cloiche, nó duilleog chríon ag dul san uisce......

61

Ach ba lá dá saol é......! An chéad lá dá saol! Lá nár lá Earraigh ná Fómhair ná cearc! Ná Luan ag éisteacht go sostach le Meaig agus le mná an tsiopa. Ná Luan ag inseacht do mhná eile faoina cuid díog sa sliabh, lena ndearbhthús, a ndearbhthreoir, a ndearbhchríoch.....

Bhí scéal aici de bharr an lae inniu, a scéal féin...... Ceann chomh maith le scéal aon mhná eile..... Rós beag lúcháireach aníos as mórmhoing de bhrón agus de bhréanleann...... Glé alluaiceach mar uisce an tsruthláin, mar phort an dreoláin, nua órtha amhail ciabh an tuair cheatha.....

B'fhéidir go dtiocfadh léi dán a dhéanamh dhe, rud nach ndéanfadh choíchin den chriathrach. Bhí sé ina údar chomh maith lena lán rud a ndéantaí amhráin díobh......

D'iontaigh Muiréad a haghaidh anuas aríst ar an bhfuinneoig a raibh líochán beag de luathmhainneachan meán samhraidh inti cheana féin. Dhealaigh a béal ina bhogchrónán:

"Níl mé críonna, a's céad faraor nílim
    Ach mealltar daoine a bhíos glic go leor......
    Sé críoch gach baoise —— "
Cé an chríoch a bheadh ar a scéal féin......?

Críoch ar bith, b'fhéidir. Ní móide gur dual de chríoch don scéal mór, an scéal fíor, an scéal álainn, ach é a dhícheannadh sa moing, nó fanacht, ar nós lorgaí an bhogha báistí ar an móinteán, gan snadhmadh choíchin.....

Críoch shimplí, críoch dhiamhair na hánála, b'fhéidir......

"Cé an smál atá tar éis a theacht orm chor ar bith......?"

Cé an chaoi a n-inseodh sí an scéal sin don

tsagart.....?

Ní fhéadfadh sí é a inseacht don tsagart......

AN SEANFHEAR

BHÍ a lámh go caointineach ag an dochtúr ann, dhá bhrú amach roimhe an phasáiste. Ba seanduine é. Muineál lom air agus é eitrithe ina reangaí sceirdiúla. Colm an tseanloit ar a scornaigh, amhail ramallae a d'fhágfadh ollphéist ina diaidh i bhféar críonta. Balláin dhomhainne ina leicne agus súile marfánta aige. Ba fráma í an sonnach féasóige do cheannaghaidh a bhí chomh tuartha le cromleic.

"Nigh do chraos faoi dhó sa ló go ceann coicíse, le salann agus uisce," arsa an dochtúr, de ghlór tnáite. "Níl ann ach go bhfuil an tsine siáin in othras agus airní an mhuiníl ata ar éigin. Beidh sé cneasaithe roimh choicís," adúirt sé ag tabhairt faonoscailt ar an doras.

"Ach deirim leat, a dhochtúir, i gcead duitse, nach hamhlaidh."

Shíleas gur galra coimhthíoch eicínt a bhí ag bualadh an tseanduine. Shloig siar úll na brád, nó gur samhlaíodh dom go gcuirfeadh sé amach thar a bhéal é. Thosaigh na braicéid trua-fheola faoina smig ag lúbarnaíl, amhail is dá mba cor macabrach a bheidís a léiriú. Dhoimhnigh na balláin sna leicne. Tháinig loinnir sna súile gannfhabhracha: an marbhloinnir chéanna a bheadh i slabhra nua. Strachlaíodar an ceannaghaidh tuartha amach as fráma na féasóige agus as ballracht na colla, nó go raibh sé os

64

mo chóir mar dhúil neamhthuilleamach, mar ghlan-uafás, mar riocht de riochta an Bháis......

"Ach deirim leat, a dhochtúir, i gcead duitse, nach hamhlaidh. Dúirt a lán agaibh an rud céanna liom. De dhéantas na fírinne is é adeir gach dochtúr: 'Airní an mhuiníl ata. Nigh do chraos le uisce agus le salann.' Tá mé dhá dhéanamh leis an tsíoraíocht, a dhochtúir. Níl aon bhiseach orm dhá bharr. Deirim leat, a dhochtúir, go bhfuil fabht dalba istigh ansin. Deirim leat é......"

D'éirigh leis an dochtúr é a chur dhe faoi dheoidh agus thíolac mise chun a sheomra ceadúcháin.

"Tá déidín tite agat ag fanacht," adúirt sé, "ach ní mise is ciontach...... An donóg sin amach. Is gradha an t-othar é. Chuala tú féin é. Choinnigh sé le uair an chloig mé dhá scrúdú. Síleann sé go bhfuil fabht bambairneach eicínt ina mhuineál. Na hairní atá rud beag ata. Sin é an méid. D'innis mé sin dó, ach is cuma. Tá mearbhall air...... Is iontach le rá é, ach bíonn rudaí den tsórt sin ann. San am a raibh mé thíos san ospidéal condae i Muigheo, céard adeir tú le seanbhuachaill a sháraigh orm go ndeachaigh athluachra ina bhéal, le linn dó a bheith ina chodladh amuigh; go raibh sí beo beathach istigh ann; gurb ise a bhí ag ídiú a raibh seisean a chaitheamh agus go raibh an ghearradh ghionach air féin......!"

"Is minic a chuala mé an scéal sin, a dhochtúir......"

"Mearbhall...... An bhfeiceann tú a raibh de shail i do chluais? Breathnaigh ar an gcnapán sin! An chéad uair eile a n-aireoidh tú bodhránacht inti, tá súil agam nach sílfidh tú, ar nós mo dhuine ó chianaibh, gur meanmnaí diabhail é.....! Ólann tú.....! Bíonn do shúil agat ar na mná freisin.....! Bhuel, ní beag an dá chéadfa sin a bheith dhá dteachtú ag a Ruibh-Shoilse......"

Ar shiúl amach dom fuaireas an seanfhear romham chois an ráille, ag féachaint ar theach an dochtúra. Thuar an féachaint sin go bhfillfeadh sé fós ar an dochtúr. Bhí a ordóg agus a chorrmhéar fáiscthe go cruaidh ina phíobán, os cionn an bhóna shalaigh. Rug i ngreim glaice ar bhior den ráille. Shuigh sé cuing a mhuiníl síos ina ghualainn. Chuir uaibhéal air féin. Ba gheall a chraos dorcha le bealach péiste trí thoradh dreoite. Chocáil an smig agus d'fháisc ar an scornaigh.

"Chomh moch seo sa ló, a dhiabhail!"

"Dheamhan meisce ná mearbhall orm, a dhuine sin...... Shíleas go raibh sé amuigh agam," arsa seisean, go díomuach.

"Cé hé?" arsa mise.

"An dochar, cad eile?" arsa seisean.

"Níor thug an dochtúr aon mhisneach dhuit?" arsa mise leis, ar ár gcoiscéim síos an tsráid.

"Misneach! Thug muis! Dramhasaí go tóin iad na dochtúirí sin. Bhí mé go dtí iad i Nua Eabhrac, i bPáras, i Londain Shasana, sa taobh ó dheas de Mheireacá...... Tá mé meata ag dul chuig dochtúirí. An scéal céanna i gcónaí: 'an tsine siáin agus airní an mhuiníl rud beag ata......' Tá a fhios agam nach bhfaigheann siad meabhair ar bith orm. Uaireanta, mar sin féin, tugann an céasadh intinne go dtí iad mé, go fiú má tá mo phíobán chomh saillte le galún taosca ag a gcuid salainn agus uisce. 'Glanaim mo chraos......' Cé an fhóirint atá salann agus uisce i riocht a thabhairt domsa, fiafraím dhíot?"

Bhí a mhuineál ar creathadh, a chuid féasóige ag bogadh go giongach. Chuimhníos gur galar eicínt é a thug sé leis óna chuid imircí.

"Shiúil tú cuid mhaith den domhan?" adeirimse.

"Cuid mhaith den domhan! Níl aon áit faoin domhan nár shiúil mé: thoir agus thiar, ó dheas agus ó thuaidh. Bhíos faoi Chrois an Deiscirt agus san áit a ndéanann an lá a gheimhreachas geamhchaoch, faoi shneachta an Tuaiscirt. Bhí mé i bhfíobha dlútha na Meán-Chreasa, i murlocha insí cuiréalacha na Mara Ciúine, ar thamhnaigh fionnuara an Sahara, ar an mBóthar Órga go Samarcand......"

Theilg mé tamhnaigh fionnuara an Sahara agus an Bóthar Órga go Samarcand thar bord mar bhalasta rosc-chainte.

"Mairnéalach a bhí ionat?" adúras leis.

"Bhí mé i mo mhairnéalach."

"Imeacht ar bord loinge le aeríl. Tiomchuairt na cruinne a dhéanamh. An lao biata dhá mharú ar fhilleadh do mhac na míchomhairle. É ag dul le ceird, nó......"

"Le chuile cheird?"

"Le chuile cheird ru! Ní raibh d'Ioldánaí ariamh ann ach Ámh! Fear tí agus bean tí a bhí ann. Tháinig sainiú feidhme ar theacht d'Éabh. B'fhéidir gurbh shin é rún an Chrainn Fheasa!"

Thosaigh a shúile ag rince. D'uamhnaíos in imeacht nóiméide go raibh sreath díobh i ndiaidh a chéile ina cheann, mar shiní slabhra. Bhí an scornach ag cur colgmhaidhme suas thríd an bhféasóig ar mholán a cheannaghaidhe.

Ag féachaint dom ar an seanóir bhí corp eicínt ag iarraidh snámh go huachtar ar fheacht mo chuimhne, ach bhí an fheamainn reatha agus an rocálach dhá choinneáil faoi. Léitheoireacht eicínt a rinneas i gcaitheamh na huaire sin, i seomra airitin an dochtúra, b'fhéidir. Ach ó

ba rud é gur chíoras dhá pháipéar na maidne agus gur
thugas súil driopásach thrí chual irisí, ní rabhas i ndon
aon mhír áirid a scagadh as an turscar. Mearbhall, is
dóigh......

"Le chuile cheird agus dán...... I mo dhuigéara, i
m'ollamh, i m'abhlóir, i mo rí......"

"Tuigim thú."

Thuigeas — agus go tobann. Éireannach fánach eicínt
nach raibh ní b'fhaide ó bhaile ná sráideanna tíriúla
Bhaile Átha Cliath. Éagonn ó bhroinn. Nó b'fhéidir gur
thit de scafall agus gur liocadh a inchinn, a bheagán nó
a mhórán.

Ar aon nós ba é a dhéantús maitheasa le blianta an
oilithreacht Chéadaoine go Sráid Ghairnéir, cuairteanna
minice ar na pictiúrlanna, an domhan a shíorshiúl i mbil-
leoga irise nó in éacht-imeachta saorleabhair, an t-uaibh-
éal taibhriúil a chur air fhéin i bhfianais na gealloif-
ige. Ar ais arist go dtí seandréimire corrach de shlum-
theach, ag gréasadh pictiúirí bastallacha as a bhlaoisc
fhabhtaithe ar dhraoib na sráide, ar cheo liath an aeir.
Mearbhall mar adeir an dochtúr. Aislingí ainsrianta gan
chrích gan chuspóir.

B'eolas dom féin an aislingeacht sin. Coicís nó trí
seachtainí ar an deolchaire ó thráth go céile. Na tithe
pictiúir, na leabharlanna airleacain agus na gealloifigí a
ghnáthú. Seasamh amuigh os cóir an Ghresham. Samhlú
dom féin gur easpag mé. Nó réaltán scannán. Nó rach-
masaí Meireacánach. Nó an Aga Khan féin!

A dhul abhaile. Síneadh ar an gcuilt ag féachaint in
airde ar bhliochtscuaidín an gheasa. Baoiseanna níos
ainsrianta fós dhá gcíoradh agam as m'intinn. Mé ag
tabhairt sraith do mo cholainn ar iomaí ríoga an tSultain

Mhóir. Mé ag dul idir Sola agus Banríon na Síbe. Mé ag spaisteoireacht faoi scáth na gcrann uaibhreach i ngairdín Oirthearach, le duine de na *houri*: ainnir ba scéimhiúla ná an ghriansholas. Lámh ina hascaill agam. Na crainnte ag cromadh le meas síos romhainn. Éin ghallda ag céiliúr i ndosa dlútha. Frasa caomhuisce dhá dtál aguaráin. Cumhracht spíosraí san aer. Brait óirghréasa na hOíche agus Míle caite i lúibinn chúlráideach garáin, ag tabhairt cuireadh chun sosa......

B'fhurasta don leadaí sin, ar chostas mo leithéidsa, a chur i gcéill dó féin gurbh ioldánaí agus rí é. Ba mhínósach an mearadh é, ámh, le dochtúirí agus daoine geanúla a chiapadh leis. Is dualgas don phobal go gcuirfí a shamhail i ngéibhinn.

Shílfeá gurbh iad mo chuid smaointe a bhrath sé:

"Níl aon choir dhár dearnadh ar talamh nach bhfuil mé ciontach inti......dúnmharú, fionail, tréas, slad, cneamhaireacht, éitheach, ceilg......"

"Is diabhlaí nár crochadh thú sa gcaibidil deiridh," arsa mise. "Go dtí go léinnse an chríoch ní bheinn i ndon tosaí ar eachtra an bhithiúnaigh......!"

Bhí mé ar mo chruashiúl faoi seo le mo bheanna a thabhairt uaidh.

"An bhfeiceann tú an muineál sin......?"a raibh a dhá mhéir ina dteannachair báite aige ann.

"Síleann sé faoin taca seo gur mise an dochtúr!"

Thugas cor faoi gcuairt go dtí an taobh eile den bhóthar. Ba mhian liom a bheith imithe ón truán. Ach i gceann nóiméide bhí eisléine fhairsing a scáile sínte liom ar an taobh abhus den tsráid.

"Breathnaigh air sin!"

Bhí a mhuineál síogtha le feadáin fhola faoin gcraiceann

critheánach, ar nós sampla ceimic-smeartha a bheadh ag ollamh i gceacht léiriúcháin.

"Coinnigh i leith!" arsa seisean.

Leag crobh ab fhuaire ná slabhra ar chuing mo mhuiníl agus bhí a ordóg agus a chorrmhéar ag sméaracht aniar i mo scornaigh, sul a raibh sé d'ionú agam a lámh a bhaint as greim.

"Muineál croiche atá agat go cinnte," arsa seisean, ar mo scaoileadh dó. "Is d'aon uaim le haghaidh na cnáibe a rinneadh é. Tá ailt air nach ligfidh don rópa sciorradh. Ba bheag í do choir, a mhic ó, nuair a thuillfeadh sí an gad duit. B'fhéidir gur thú chrochadh san éagóir a déanfaí amach anseo."

"A sheanbhrogúis," arsa mise, idir fheirg agus scanradh, ag muirniú mo mhuiníl siar agus aniar de bhois chineálta.

"Ach ní shílim go gcrochfar san éagóir thú. Féach mise a rinne uile choir na cnáibe......"

Bhí an seancholm ar nós lorg fiacal i gcaor mór allmhurtha eicínt. D'fhairsingigh a bhéal......

"Shíleas go raibh sé amuigh agam...... An domhan a shiúl aríst...... Seomraí airitin dochtúirí aríst...... Díle eile de shalann agus d'uisce...... Ach beidh an fabht, beidh máthair an drochábhair ansin......Scian a bheadh i riocht a ghearrtha, arsa tusa......"

"Níor chaintigh mé beag ná mór ar aon scian," arsa mise, agus shíleas rith óna bhriochtshúil scéineach. "Gealt contúirteach thú! Ó, a dhiabhail álainn, anois a chuimhním air! Léas tigh an dochtúra é! D'éalaigh 'An Tuadóir' as Dúndroma athrú inné. Fritheadh bean agus a scornach ina ribíní sa bPáirc inné. Agus mise ag leannántacht leat le uair an chloig! Póilíos......!"

B'éadroime ná críonach róis a lámh ar m'uilinn, ach ba teinne ná nathair cornaithe i marbhfháisc ionam.

"Tá míshuaimhneas ag teacht ort, a mhic, ach is gearr eile a choinneos mé thú...... Siúilimis go dtí an coirnéal...... 'Imeacht ón mbaile le aeríl,' arsa tusa. Ba é go díreach: aeríl, uabhar agus easumhlacht Mhic na Míchomhairle. Ag spaisteoireacht faoi scáth na gcrann uaibhreach i ngairdín oirthearach, le ainnir ba scéimhiúla ná an ghriansholas. Lámh ina hascaill agam. Na crainnte ag cromadh le meas......"

Lig racht gangaideach gáire a chuir mo ghéaga ag gíoscán, mar bheadh craobha crainn le sinneán deiridh fómhair:

"Sheas an ainnir. D'éist sí...... Rinne braiteoireacht mhionóide. Shín uaithi a lámh. Scioch an t-úll den chrann...... Chuir an t-úll bearnaithe i mo láimhsa agus d'fhill an lámh go dtí mo bhéal, ar nós dhá mba giota *Peggy's Leg* a bheadh inti...... 'Ith suas é, a sheandeaidín dúlaí na milseán,' adeir sí. Ní ghabhfadh an phlaic síos thairis sin – ná suas! An bhfeiceann tú......?"

Bhí an dá mhéir báite sa mhuineál aige, an t-úll anois ag borradh mar bheadh cneadh cheilte agus an colm dírithe anall faoina dhéin, ar nós saighead leathan an daoir......

D'éiríos de chothrom talún. Bhí fuinneog siopa le mo thaobh. Ba dona a d'aithníos mé féin sa scáthán. Snua miúsaomúil, snua croimleice a bhí orm...... Reangaí...... seanchréacht...... marbhloinnir slabhra...... Chuireas uaibhéal orm féin agus bháitheas mo ladhar i mo mhuineál......

Ní raibh an seanfhear abhus ná thall......

Is eol dom, ámh, go bhfeicfead aríst é i seomraí

71

airitin dochtúirí......

CLAPSHOLAS FÓMHAIR

NÍOR léar don tsúil os a coinne amach ach ciarbhrat móinteáin. Locháin agus ceannabháin ina gcnaipí dubha agus geala ar a fhuaid. Spéir ghealta os a chionn. Briseadh beag colmliath inti thoir amuigh ar Chnoc Leitrí. Cosa na gréine dhá searradh féin ar Thulaigh an Chip thiar agus ag óradh péacán deataigh a bhí ag dréim go cúthal aníos thar mhala meill.

Ag tabhairt éisteachta do phort na haon riabhóige in áit eicínt amuigh ar an móinteán a bhí gach uile rud: an t-arbhar támhach, píobán-triomach-shúite na habhann siar an mhoing, na giolcaigh díreacha ar bhruach na bhfeadán.

Bhí anáil bheag railleoige ar an aer. A dhath eile ní raibh le mothú ag an tamhnaigh — ag Tamhnach an Locha. Ba thámáilte a d'fhéach an loch sa ngleann — támáilte agus buille teimhealach ar nós scrín airgid a bheadh gan corraí leis na blianta.

Aníos ó bhruach an locha a bhí talamh saothraithe agus tithe na tamhnaí. Lena mballaí fuara amha, crom in aghaidh an aird, agus a gcinn tuí easca, ba mhó ba chosúla le sainghné den talamh faoi gcuairt iad ná le árais daoine. Ocht gcinn acu a bhí ann, teach aonraic thíos ar bhruach an locha, chúig cinn i lár na tamhnaí agus dhá theach aolta scathamh beag suas ar ghualainn an chnoic, tórainneach leis an gcriathrach.

Ar a thuras ar ais dó gaçh aon tSatharn, tar éis a
chruib mhóna a dhíol sa mbaile mór, b'fhada le fear an
chairr go scothfadh sé aníos Ard na Seanbhuaile. Uaidh
sin suas bheadh feiceáil soir aige ar na tithe aolta sin
faoi ghualainn an chnoic, agus go háirid ar an dá pháirc
fhairsinge ar chuir sé a chuid allais i mbliana agus an-
uraidh dhá shaothrú ó ghiall an mhóinteáin. Ba gheal cin-
eálta a bhí an síol féir aníos thrína bhfód. Faoi seo féin
bhí gothadh chomh séimhithe chomh haosta orthu leis an
talamh a bhí saothraithe istigh i lár na tamhnaí, ó theacht
don chéad duine — d'athair athar a sheanmháthar — ina
chónaí san áit.

Chuirfeadh sé páirc eile ina gceann i mbliana, le cún-
amh Dé. Leannán coilgneach a bhí sa sliabh, ach le
coinneáil dhá shlíocadh níorbh fhada go mbeadh an
bhráid fhascúil soir ar shlinneán an chnoic tugtha chun
séimhe. D'fhéadfadh sé gabháltas nua a dhéanamh den
roinn sin agus é a fhágáil ag an dara mac. Bhí dalladh
sléibhe ann ar aon nós! Ag ceadú na gcomharsan dó,
faoin talamh comhpháirteach seo a shaothrú, ba éard
adeiridís: "Saothraigh leat é, ru! Ár gcuid féin cuid a
chéile......!"

Ba é, dar ndóigh! Cailín beag de na Ceaigeanna as na
tithe láir a phósfadh an mac ba shine. D'iarrfadh sé inín
le Tom Mhicil Bháin as na tithe céanna don dara mac,
ach é a bheith in éifeacht agus teach a bheith déanta dó
ar an ngabháltas nua.

Rinneadh dhá theach le gairid thiar ar Thulaigh an
Chip. Bhí tithe nua chomh fairsing le buachalláin tim-
peall an tsráidbhaile agus as sin go baile mór.

B'fhurasta teach a dhéanamh anois: páipéir an chíosa a
thabhairt síos chuig an Súilleabhánach sa sráidbhaile

74

agus scríobhfadh sé litir chumasach go Baile Átha Cliath. Duine soilíosach a bhí sa Súilleabhánach ach corrphionta a ól ina theach. Dá mbeadh air a dhul thrí pháipéir an chíosa ba mhaith an aghaidh cárt poitín é. Ball séire orthu mar pháipéir! Ba choilgní i bhfad a bhíodar ná an sliabh.

Ach cé ar mhiste? B'fhéidir teach a dhéanamh d'uireasa airgead Bhaile Átha Cliath......Bhí clocha, cíb agus giúsach fairsing. Lucht an chladaigh a choinníodh na strainséaraí níor mhór dóibh tithe áirgiúla. Cé a d'fheicfeadh an cineál tí a bheadh ar thamhnóig shléibhe, sé mhíle ón sráidbhaile? Corriascaire, b'fhéidir, sa samhradh. An spéir agus an sliabh uaidh sin amach.

Dhá dtéadh sé chuige sin dhéanfadh sé féin é. Nárbh é a athair a rinne tithe na dtamhnach uile go léir! "Balla íseal, ceann sínte agus iad a chur ar a gcromada in aghaidh na gaoithe aneas," a leathfhocal i dtólamh.

"Sóró Downey, sóró Dee,
    Tá Murcha ina chodladh agus ní éireoidh sé choíchin."

As an lúcháir a chuireadh na smaointe sin ar an gcarraera thosaíodh sé i gcónaí ar leagan de *Downey* a ghabháil, ach ní raibh aon fhonn air sin a dhéanamh an tráthnóna fómhair seo. Ar theacht aníos dó go hArd na Seanbhuaile, shín a shúil bhuartha soir ar an tamhnaigh chiúin, ar na páirceanna nuashaothraithe, ar an móinteán mór, soir go dtí na heití colmliatha ar an spéir ghil, Ar an bpointe aríst, ámh, d'fhéach ó dheas nó go ngrinníodh an stiall den bhóthar ba léar dó anois ar a chúla......

A thúisce is a chonaic an capall, ó mhullach an aird, an teach cairr ó thuaidh uaithi ag cloigeann an bhóthair, thosaigh ag cur an bhealaigh di d'oscair luascacha géigligthe. Thuas amuigh ag íochtar an aird tháinig craith

75

beag sa mbóthar. Bonn móna a bhí faoi. Chuaigh roth an chairr amach dlúth leis an bhfeadán ab fhál do chiumhais thiar an bhóthair. Tuairteáladh eisean anonn go dtí taobh íseal na cairte. Ag claonadh amach go broidiúil dó thar stuaicín na cruibeach, strachail an t-adhastar ar an taobh deas agus thug buille géar dá shlatmhaide anuas ar an ngorún don chapall. Chuir a luas lámh an chairt amach slán ar lom an bhóthair aríst.

Ba ansin a chonaic sé an fear a bhí tar éis a chloigeann a chur aníos thar an gclaí íseal ar an leith thoir den bhóthar.

"Hea, is breá luath sa mbaile thú, bail ó Dhia ort!"

B'éigin don charraera cúpla sracadh a thabhairt faoin adhastar, an chairt a chur dhá thimpeall den roth ar gcúl agus fógairt go goirgeach ar an gcapall sul ar tháinig sí chun cónaí ar aghaidh an fhir eile.

Ghluais súil an charraera timpeall na tamhnaí soineannta—níor shoineannta ariamh í ná an tráthnóna seo — roimh lonnú di ar an bhfear a bhí i ndiaidh é féin a ardú go bolg leis an gclaí.

"Dar an Pota Pádraig, chuaigh sé sách gar dom a bheith iontaithe siar sa gcíocra sin. Arbh é do hata aníos thar an gclaí a bhain an gheit aisti......?"

Leag sé a dhá uilinn anuas ar chliathán na cruibeach mar bheadh sé ag aithris ar stiúir an fhir eile anonn uaidh ar an gclaí:

"Ní raibh mé mórán le uair an chloig ar mhargadh na móna núair a cheannaigh cailleach as an mBóthar Láir uaim."

"Hea, scéal nuaidhe ar bith as an nGealchathair?"

"Tá na cuaillí siúd curtha suas aníos go hIonnarba an tseachtain seo. Deir siad go mbeidh an lóchrann sa sráidbhaile an t-airneán seo anois......"

D'athraigh a hata síos suas ar a leathleiceann amhail
is dá mba throm leis ar a cheann é......

"Sin a thomhais ort cé a chonaic mé inniu.......?"

"Hea, Smig Scoilte......? An Iúdach buí as an tSráid
Uachtair a bhí ag iarraidh cluasa na madraí uisce anur-
aidh......? Dónall Thulaigh an Chip......?"

"Dar an Pota Pádraig muis, ní ceachtar acu é......"

Tháinig uaibhéal ar an bhfear eile agus speal le
ciumhais a bhoise múnóg allais suas ina fhionnurla:

"Ní féidir...... Ná habair liom, hea, gurb é siúd......"

"Seantreabhsar an tsaighdiúra! Agus an stoca aníos
ar leathchois dhe."

"Fáilte...... Fáilte Smig Scoilte roimhe! "

"Agus Sháirsint na Pluice ó dúirt tú é! Ní maith
sagart gan cléireach......"

"Hea, meas tú an bhfuil branda an tsaighdiúra ar
dhroim a láimhe fós?"

"Ní raibh mé chomh gar sin dó. Ag leagan na móna sa
tSráid Láir a bhí mé, nuair a chuala mé an sceaimhín-
teacht taobh thall sa teach ósta a bhíodh ag an Ruaín-
each......"

"Hea, an t-ósta ar thug Fear an Achréidh mise le béil-
éiste na mbainbh a ól......"

"Sheas mé ar scáth na cruibeach, chomh gasta is dá
mba é Smig Scoilte nó Pluic a bheadh ann. Bhí mo phut-
óga ag déanamh snadhmanna ar fhaitíos go bhfeicfeadh
sé an t-ainm ar an gcarr. Óra, b'air a bhí an misinéara
de bhéal, ag díbliú ar fhear anoir! "

"Hea, fear anoir......"

"An chaint anoir a bhí aige ar aon nós. Dúirt Peadar
Beag go ngabhfadh sé suas chomh héasca le fear

buinní————"

"Hea! Fear buinní! "

"Dar an Pota Pádraig fear buinní...... Go ngabhfadh sé suas go beairic, le fios a fháil cé an t-údar a raibh sé dhá chur go mídhlisteanach as a chuid airgid. 'Tá an cruthú anseo,' arsa seisean agus é ag tarraingt pháipéir aníos as a phóca. 'Inseoidh tú don bhreitheamh cé an chaoi gur chúig seachtainí déag a d'íoc tú liom in ómós sé seachtainí déag de mo chuid allais. Agus coicís saoire freisin ordaithe dom sa dlí amach ó láimh an Uachtaráin......"

"Hea anois! Tá an dlí i gcónaí aige!"

"Ó, dá gcloistheá inniu é! 'Inseoidh mise duit céard atá san *Act*————"

"Le hanam do mhairbh, an raibh sé ag caint ar an *Act*......?"

" 'Níor stampáil tú aon chárta dom ó a chuaigh mé chugat. Ní móide go bhfuil a fhios agat cé an choir é sin, a bhlaoisc cac bó,' adúirt sé. 'Ach beidh a fhios nuair thiúrfas mise chuig an gCúirt Oibre thú.' "

"Hea, níor chuala mé ag caint ar an gCúirt sin ariamh é."

" 'Seo! Socraigí ag an gCúirt Oibre é,' adúirt an t-óstóir, ag fuagart an chúpla amach ar an tsráid dó agus ba é Fear an Achréidh bocht a fuair an cnagán sa tóin a shíl sé a thabhairt do Pheadar Beag se'againne."

"Hea! Níl lá ariamh féin nach raibh tóin ádhúil aige."

"Seo suas an tsráid an fear se'againne agus an fear anoir ina dhiaidh ag iarraidh é a bhréagadh! 'An bhfeiceann sibh Cromail?' arsa seisean, chomh hard is a bhí ina cheann, os cóir a raibh ar an tsráid, thuas ar aghaidh siopa mór an Chúlánaigh. 'Cromail balbh na ndeich n-acra agus cheithre fichid ag iarraidh a spailpín bocht a chur as a chúpla scillingín ghiobach! Dar ndóigh, is éard a dhéanfar leis———'

'An-collach caca a chrochadh,' a d'fhuagair bodaire mór srónchanglaithe a raibh glas caorach go bairbín air.

'B'fhéidir, a dhuine chóir,' arsa seisean, 'nárbh fhearr leis gan crochadh, ar feadh mise agus an K. C. a bheith réidh leis?'......"

"Hea, a dhiabhail, bhí sé ag caint ar an K. C. ......!"

"Ba é a bhí ar thús agus ar dheireadh a theanga aige! 'Tá sé san *Act*,' arsa seisean...... 'ach thuas leis an Ard-Súpar atá agamsa é seo a rá.' Bhailigh leis suas an tsráid agus fear an Achréidh ag smaoisireacht ina dhiaidh......"

Thit dhá chloich den chlaí ó uillinneacha an fhir thíos:

"Diabhal is móide go dtiocfadh sé an taobh seo chor ar bith. Glanfaidh leis soir thar Ghealchathair aríst."

"Ó, mo chreach mhainne ghéar thú! Chomh luath is a chonaic mé an caipín iontaithe siar———"

"Hea! An caipín iontaithe siar! Má bhí muis, an taobh seo a thiocfas sé."

"D'fhill mé abhaile gan greim a chur ar mo bhéal. Bhí mo phíobán chomh tirim le deatach agus chuimhnigh mé seasamh sa sráidbhaile le pionta a ól. Tráthúil go leor bhí an Súilleabhánach ag an doras.

'Peadar Beag atá istigh romhat,' adúirt sé, 'tar éis a theacht den bhus' — an bus a chuaigh tharmsa anoir ag Ionnarba...... Dar an Pota Pádraig, tá an créatúr seo feannta agam ag coimhlint aníos," arsa seisean, ag síneadh na slaite dó amach ar an gcapall támhach, nárbh éagosúil a tiubhrón ciardubh allasta leis an móinteán thart timpeall.

Cois Caoláire

"Hea! B'fhurasta aithinte aréir é...... Ag dul a chodladh dhom tháinig brat ciarógaí amach ar an urlár: chuile chiaróg acu chomh leathnaithe le leiceann Sháirsint na Pluice."

"Dar an Pota Pádraig muis ba shin é do dhóthain de thaispeánadh......"

"Dá mba taobh leis a bheinn faraor......! Tar éis a dhul a chodladh dhom a chuimhnigh mé nár cuireadh aon bhuairín ar an asal, agus go dtiocfadh sé san eorna aríst. Suas go dtí an chrois inti, thíos i nGarraí an Locha a fuair mé an rálach! Hea, cad deir tú liom a chonaic an eascann......!"

"Is diabhlaí mór an gheis atá ag an eascainn ortsa, nach bhfeiceann í ach thú féin!"

"Hea, geis, cad eile? Ní fheicfidh í ach na Marcais—muintir m'athar."

"Sean chomhrá bréagach!"

"M'anam nach bréagach! Hea, bhí sí chomh follasach is—— "

"Cé an áit?"

"Ar thráin an locha ag na giolcaigh."

"Ar do shúile a bhí sé."

"M'anam nach ar mo shúile! Hea, san áit cheanann chéanna a bhfaca mé í, an oíche fadó sul ar thóig Sáirsint na Pluice an *stillhouse* ortsa."

"Mo chuid buinní uirthi!"

"An focal míthráthúil céanna adúirt seanathair do mháthar, croisim aríst thú, eisean agus ise!"

"Seanbhuinníl chainte!"

"Hea, b'fhéidir! Ba é athair mo sheanatharsa a bhí freis, thíos ansin ag gob thoir an locha sna giolcaigh, nuair a chuir sé an chamóg inti. Dhírigh sí aníos as an loch agus d'iarr an chamóg a bhaint aisti. Tá an poll inti inniu chomh húr leis an lá sin, thíos faoina geolbhach. Athair mo sheanatharsa — Marcas Mór — a bhain aisti í. Hea, sin é an fáth a dtugann sí í féin le taispeánadh don mhuintir še'againne ó shoin. 'A fhianaise ortsa, a Mharcais Mhóir,' arsa sise, 'más fada gearr é íocfaidh siad mo bhráidín ghléigeal.' "

"Caochta le poitín a bhíodar!"

"M'anam nach caochta! Hea, chuala tú féin na seandaoine ag rá gur airíodar í os cionn trí fichead bliain ó shoin ―― "

"Cé an mhaith duit a bheith ag caint! Nach raibh chuile shórt ag síonaíl an oíche sin, oíche a bhí chomh dona, adeir siad, le Oíche na Stoirme Móire féin."

"Hea, tá maith dom a bheith ag caint! Bíodh a fhios agat go bhfuil maith dhom a bheith ag caint! Tháinig sí aníos go dtí lár na tamhnaí ansin thoir, hea, agus chuir teach do sheanathar in aer. Chonaic tú féin comharthaíocht a driobaill sa gcloich mhóir thoir sa seanbhalla. Anois an bhfuil maith dom ―― " ˉ

"Tá comharthaíocht sa gcloich ceart go leor, ach dar an Pota Pádraig ―― "

"Hea! D'fhágfadh sí an scóladh tónach céanna ar do sheanathair, marach gur airigh sé ag síonaíl chuige aníos í agus gur fhuagair ar a raibh sa teach a bheith amuigh! Ní fhéadfadh sí é a leanacht thar shrutháinín na tórann."

"Shílfeá má bhí a drioball chomh láidir is adeir tusa ―― "

"Hea! Cé an chiall gur thuas i mbléin an chnoic a rinne sé an teach nua — do theachsa anois?"

"Nach gcaithfeadh sé teach a dhéanamh in áit

eicínt......!"

"Hea! Ag dul chomh fada is d'fhéad sé ón loch. Bε shin é é. Agus chuala sé ag síonaíl thuas ar an gcnoc freisin í! Nach bhfeiceann tú gur imigh sé féin agus a raibh ina theach go Meireacá, hea!"

"Agus an iníon ba shine aige — mo mháthair — a fhág-áil ina bronntanas ag an eascainn!"

"Bhí sí pósta san am agus ní raibh sé in acmhainn í féin agus d'athair a thabhairt anonn. Hea! Nach bhfeic-eann tú nach ligfeadh an faitíos d'aon duine acu a theacht go hÉirinn aríst!"

"Agus le tuilleadh ball séire a dhéanamh ní thiúrfaid-ís an áit do m'athair ach ar cíos, ó bhliain go bliain."

"Hea, rinneadar chuile bhall séire ba bhuinní ná a chéile thall agus abhus. Hea, is fear é Dáithí Thulaigh an Chip a chuir cuid mhaith talún thrína chrúba. Dúirt sé liom go mbeadh chuile shórt ar fheabhas, dá n-íocadh d'athair deich bpunt le páipéar a tharraingt, nuair a bhás-aigh an duine deireannach acusan i Meireacá.

'Chuaigh sé amach as an teach sin agamsa ina dteach-siadsan,' arsa mise, 'ag ceapadh gurbh fhearr de theach é ná an teach a bhfuil mise anois.'

'Ó, dheamhan ceo seilbhe ansin,' adúirt Dáithí, 'ach an oiread is atá ag fear óil ar theach an tsíbín a bhfuil sé istigh ann.' "

"Ní raibh aon duine le dhul i mbarr na talún sin ar m'athair. Ba é Peadar Beag an ball séire, pé ar bith caoi ar éirigh le mo mháthair — go ndéana Dia maith uirthi! — é a scaoileadh anuas as tús an tsacáin......!"

"Hea, tá mise siúráilte anois gurb é díoltas na heas-cainne ———— "

"An eascann! Má bhí géilleadh chomh mór sin agat di

is diabhlaí gur thuas ag béal mo dhorais-sa, i dteach linne, a rinne tú do nead."

"Hea, ní raibh an eascann feicthe agamsa nuair a phós mé do dheirfiúr. M'athair — go ndéana Dia grásta air! — a d'fheiceadh í. Bhí an oiread aird agam ar a chuid cainte is bheadh agam ar ghaoith i mo bholg, hea! Díchéille! Ba bheag a chuimhníos gur nead le haghaidh na cuaiche a bhí mé a dhéanamh, faraor!"

"Dar an Pota Pádraig, shíl mé féin i ndiaidh an chuairt deiridh nach bhfillfeadh sé go brách aríst."

"Hea, ba bheag a thaobhaigh sé thusa an chuairt deiridh."

"Ach an chuairt roimhe sin."

"Ní bheadh leath milleáin agam air fúm féin, hea, ach mo bhean a tháinig as aon bholg leis agus a háilín páistí a chaitheamh amach ar an gcarn aoiligh! Hea, chonaic tú féin muid ag dul síos chuig ceann an locha, go dtí mo dheartháir a raibh a theach sách cúng aige féin, ag a bhean agus aga áilín, hea."

"Níor fhan sé ach hocht lá an chuairt deiridh. D'fhan sé trí seachtainí an chuairt roimhe sin."

"Hea, ba mhó a dhíobháil in imeacht na n-ocht lá ná in imeacht na dtrí seachtainí. Óltach a chaith sé na trí seachtainí sin, hea, ach bolg in airde de mheisce breá gnaíúil féin sheachain sé an chuairt deiridh é."

"Dar an Pota Pádraig anois, dá mba tú mo chliamhain faoi chéad, ní fhéadfaidh mé a theacht leat ansin. Bhí sé dona go leor an chuairt roimhe sin féin. Nach hé an chéad síneadh láimhe a thug sé dhom, breith ar an lao a bhí mé le ligean suas ina tharbh, agus é a choilleadh chomh baileach le *stillhouse* a mbéarfadh póilíos air! Dar an Pota Pádraig, ba ea agus údar breá tairbh......"

"Hea, an gcuimhníonn tú céard adúirt sé nuair a sheol sé mo chuid beithíochsa isteach i lár mo chuid eorna? 'Má d'imigh Sasana,' adúirt sé, 'níor imigh dlí.....' "

" 'Chuile sheanspáig bhasach ar an tamhnaigh ag tarraint cacanna a gcuid cearc ar fud mo chuid talún,' adúirt sé, an lá ar thosaigh sé ag dúnadh na gcosáin——"

"Hea! Dhúin sé mo thobarsa ar mhuintir an bhaile. Níl coir ar bith is mó ná tobar a dhúnadh. Hea, an bhfuil anois.....?"

"Dar an Pota Pádraig, níl sé ar fónamh na cosáin a dhúnadh ach oiread! 'Níl striog fola istigh ar an mbaile seo ach fuil a chéile,' arsa mise. 'Sin é an chaoi a raibh muintir na tamhnaí seo ón gcéad lá anuas, ag dul treasna ar chuid a chéile mar sin agus ní raibh 'thug tú éitheach' ariamh ann,' arsa mise. 'Níor thug mise cosán d'aon tseanspáig bhuinneach thrí mo chuid talún,' arsa seisean.

'Do chuid talúnsa!' arsa mise. 'Bheadh riar le rá agamsa agus ag fear do dheirfíre anseo amuigh' —thusa— 'faoi sin.'

'An chúirt an cailín a inseos é,' arsa seisean. 'An K. C. is fearr sa nGealchathair agus an breitheamh a inseos ansiúd gurb agamsa a d'fhág m'athair an gabháltas seo a bhfuil tusa pósta air, agus an gabháltas a bhfuil do dheirfiúr anseo amuigh pósta air.'

'Breá nár fhan tú ina chionn mar sin!' arsa mise. 'Dúradh leat fanacht agus pósadh ann nuair a d'imigh tú ar aimsir. Dúradh leat ag liostáil duit é. Dúradh leat é ag dul ar aimsir aríst duit. Dá mbronntaí an tamhnach uile go léir saor slán ort ní fhanfá inti ar feadh gealaí, a luainneadóir dhona,' arsa mise. Dar an Pota Pádraig, dúirt mé suas lena smaois é."

"Hea! 'Cac sa Tobar' a thug mise air," adúirt glór an

84

fhir eile aníos den chlaí agus d'fháinnigh cúr i gcorr a
bhéil.

" 'Ní abraíonn an *tAct* nach bhféadfaidh fear liostáil
agus a dhul ar aimsir,' arsa seisean.

'Is iomaí cárt dá chuid allais a chuir d'athair leis an
ngabháltas sin amuigh a cheannacht ó Dhearglaoch agus
an dá thalamh a thabhairt chun fiúntais', arsa mise.
'Cuimhníonn tú féin', arsa mise, 'gurb éard adeireadh
sé liomsa i gcónaí, breabhsóigín de ghearrchaile a
fheistiú dom féin ar an talamh amuigh. D'imigh tusa ar
aimsir an dara huair agus ní raibh tú ag filleadh,' arsa
mise. 'Phós mise ar an ngabháltas seo istigh agus thug
mé gabháltas agus teach Dhearglaoich do mo dheirfiúr,
leis an bhfear sin amuigh' — thusa — 'a phósadh,' arsa
mise.

'Ní raibh aon bhaint agat do dheirfiúr a phósadh ar mo
chuidse leis an mbualtrach eascainne sin, aníos ó
cheann an locha,' adúirt sé."

"Hea! Bualtrach eascainne......!"

"Dar an Pota Pádraig, bualtrach eascainne a thug sé
ort! 'Ach nuair nach bhfanfá féin agus pósadh ann,' arsa
mise.

'Ní raibh aon iallach ormsa pósadh do réir an *Act*,'
arsa seisean, 'ach bhí iallach ortsa agus ar mo dheirfiúr
gan pósadh ar mo chuidse. As seo go ceann seachtaine
gheobhaidh sibh litir K.C. Caithfidh sibh inseacht ansin
cé an fáth ar phós sibh ——— '

'Bhí muid ag ceapadh gur mhór an suáilce na daoine
ar an tamhnaigh,' adeirim féin.

'Má tá sibh ag iarraidh suáilce ní ar mo chaillteamas-
sa é,' arsa seisean. 'Gheobhaidh sibh fuagra ocht lá
fhichead le bheith as seilbh.....'

Chaith mé chúig phunt chuige......!"

Bhí cáir gheimhreata ar an mbéal thíos faoi:

"Hea! An bhaois ba bhréine a rinne do láimh ariamh! B'éigin domsa ansin deich bpunt a thabhairt dó an chuairt deiridh......"

"Cé an neart a bhí agam air? Nach dtiúrfadh sé chun cúirte muid?"

"A chead sin a bheith aige! Hea, caithfear a dhul chun cúirte luath nó mall."

"Anois, a chliamhain, bhí tú ag éisteacht leis an aturnae chomh maith liomsa. Nó an gcuimhníonn tú go ndeachaigh tú isteach go dtí é, go Gealchathair, i do shuí amuigh ar an stuaicín sin?"

Sháigh an carraera rinn na slaite amach go dtí ciumhais an urláir idir dhá chliath den chruib.

"Hea, cuimhním go maith."

"An gcuimhníonn tú céard adúirt sé?"

"Hea! cuimhním. Cé an chiall nach gcuimhneoinn? 'D'fhág d'athair an dá thalamh aige,' adúirt sé leatsa."

" 'Ba í an chéad uachta í, a dhuine uasail, a bhí ar an mbaile ariamh,' arsa mise ansin leis. 'Peadar Beag féin a scríobh as béal m'athar i dtosach í.' Bhain tusa an focal as mo bhéal ansin."

"Hea, cé an mhaith a bheadh an scéal a fhágáil ar leathsciathán?

'Fuair sé an K.C. Mór — go ndéana Dia maith air! — a thagadh thiar againn ag foghailéaracht lena scríobh as an nua,' adúirt mise, 'le peann mar é sin agat féin, a dhuine chóir.' "

" 'Leag Micil Bán agus Colm Cheaig a méir ar an bpeann,' arsa mise. 'Thug Peadar Beag leis an uachta

86

sin agus deir sé, a dhuine uasail, gur thuas i mBaile
Átha Cliath faoi thrí ghlas atá sí, agus an eochair is
faide isteach agus is *breed*áilte díobh ag Máistir na
Rolls é féin.'

'An bhfuil páipéir an chíosa agaibh?' adúirt an t-atur-
nae..... 'Cé hé Murcha Mac Confhaola seo.....? Do
sheanathair..... Fuirigh leat anois..... Do sheanathair i
dtaobh do mháthar..... Chuaigh sé go Meireacá..... Ní
dhearna sé aon uachta..... Dearglaoch.....! Cé hé
Dearglaoch.....? Fuirigh leat anois.....' Chuir sé dhá
leabhar ar aghaidh a chéile ar an mbord..... 'Teach. Dhá
theach..... Ó, bhí an tríú teach ann freisin!' adúirt sé.
Ansin thosaigh tusa ag inseacht dó faoin eascainn.''

''Hea, d'éireodh dhom agus fios uaidh faoin gcéad
teach a bhí ag do sheanathair.....''

'' 'Éist leis an eascainn,' adúirt sé. 'Ní páirtí sna
himeachta seo chor ar bith í an eascann.' Dar an Pota
Pádraig muis, go dtí an lá a n-ólfar deoch an dorais ar
mo chual cnámh cuimhneoidh mé ar an gcaint sin. Ansin
thairg tusa an poitín dó:

'Bhíodh an-dúil ag an K.C. Mór ann, a dhuine chóir,'
arsa tusa.

'An uair a ólas Peadar Beag cúpla gailleog dhe,' arsa
mise, 'tá sé i ndon dhá pháipéar a léamh os cionn a
chéile.'

'Dhá theach..... trí theach..... Murcha Mac Con-
fhaola..... Dearglaoch...... Níor hathraíodh aon uainéara
ar na taltaí seo ariamh,' adúirt an t-aturnae.''

''Hea, d'iontaigh sé anall ormsa ansin:

'Inseoidh mé an fhírinne dhíbh, a dhaoine geanúla,'
adúirt sé. 'Níl aon dlíodóir dar chuir peann i gcluais i
ndon a rá cé an bealach a ngabhfaidh an chúis seo.

Chaithfeadh sibh sa gcúirt ghearr é, ach má thugann sé as sin go dtí an chúirt fhada sibh.....' "

" 'Ní rabhmar ariamh ní b'fhaide ná an chúirt ghearr, a dhuine uasail,' arsa mise, 'agus ní bheadh muid chomh fada léi sin féin marach gur thóig Sáirsint na Pluice *stillhouse* ormsa, agus gur thóig Smig Scoilte, an Pílear, triosc ar mo chliamhain anseo.' "

"Hea! Dúirt mise ansin dhá gcaitheadh muid sa gcúirt ghearr é nár mhóide go dtiocfadh sé go dtí an chúirt fhada."

"Ceart go leor dúirt tú ligean dó agus an suaimhneas a ghlacadh.

'Chuala mé, a dhuine chóir,' arsa tusa, 'gur thoir ag Béal Átha na Sluaí atá sé agus b'fhéidir nach gcuimhneodh sé ar a theacht anoir aríst go brách. Déarfadh daoine, a dhuine chóir, go bhfuil an-chaint ar an ráille a chaitheamh suas agus mara mbeidh aon ráille ann.....' "

"Hea, agus nárbh fhíor dhom é! Mara mbeadh aon ráille ann......"

"Bheadh busanna nó diabhal eicínt eile ann. Níor chreid mise ó thús deireadh go tosaigh go gcaithfí suas an ráille agus dúirt mé sin i láthair an aturnae."

"Hea! Níor dhúirt tú muise."

"Dar an Pota Pádraig dúirt."

"Óra, cé an mhaith dhuit a bheith ag buinneachántacht chainte! Nach raibh an t-aturnae ansiúd, hea!"

"Ar meisce ná ar mo chéill dom níor thug mé éitheach d'aon fhear ariamh, ach tiúrfaidh mé dhuitse anois í. Dar an fóiséad tiúrfad!"

Thóig an fear thíos a shúil dhorcha dhe ar feadh nóiméide agus dhearc i dtaobh chúl a chinn:

"Hea! Labhair go réidh! Ní bheidh d'fhaoisidín

ginearálta sna tithe láir ach 'tá an dá chliamhain lácha
ag troid.' "

"'Is fíor duit é. Comharsana lácha dá chéile a bhí ion-
ainn sul ar phós tú mo dheirfiúr ariamh. Níl aon lá ó
rugadh mé thuas ag barr an bhaile, agus thusa thíos ag
íochtar an bhaile, nach bpiocfainn an troigheadán díot.
An gcuimhníonn tú nuair a bhíodh muid ag bualadh báire
bheag ———"

"B'fhíor dhom é. Ní raibh aon mhaith a dhul chun dlí.
Hea, cé an t-eolas atá ag ár leithéidí se'againne faoi
dhlí?"

"Dar an Pota Pádraig, b'fhíor duit é, a dhuine chroí!
Nach ag cur Artha an Dul Amú don dlí a mhair an tamh-
nach seo ariamh! Ní raibh an oiread foghlaime istigh ar
an tamhnaigh is a d'aithneodh an branda ar chaora
strae——— "

"Hea! Faraor géar, róghar a bhí scoileanna.....!"

"An chaint chéanna adúirt an K.C. Mór liom thuas
ansin ar an abhainn. 'A sheacht ndíol leabhar atá sa
saol,' adúirt sé, 'agus chuile cheann ariamh acu saillte
le bréaga.' "

"Hea! Féach Tulaigh an Chip ansin thiar! Ó a rinn-
eadh scoil dóibh is minice sa sráidbhaile ag cúirt ná ag
Aifreann iad..... Tá trí scoil sa sráidbhaile agus an lá
nach dtarraingeodh fear acu gairm chúirte ar dhuine eic-
ínt ní chodlódh sé suaimhneach an oíche sin, hea."

"Agus ní chuig an gcúirt ghearr é ach oiread.
Isteach go dtí na cúirteanna móra fada sin sa nGeal-
chathair. Dúirt Pílear na gCúig Chnaigín liom féin go
mbeidís ag iarraidh teach cúirte freisin — teach nua as
an bpíosa, adeir sé — nuair a bheas an ardscoil críoch-
naithe agus an lóchrann ar fáil. Barr críon na raithní ar

gach scoil in Éirinn, gan dochar gan díobháil dúinne!
Marach scoil ní fhágfaí aon fhód den talamh ag Peadar
Beag ariamh....."

"Hea, ní bheadh aon uachta scríofa air, pé ar bith é."

"Ba mhinic — go ndéana Dia grásta air! — adeireadh
m'athair go raibh Peadar ró-bheagmhaitheasach le aon
ní a dhéanamh, ach é a fhágáil chois na tine ag baint
scil as na leabhra.'Ach ní bhainfidh sé beatha astu,'
adeireadh sé, 'agus creidim gur fearr dom an talamh a
fhágáil aige.' "

"Hea! Ba mhaith bréan a ghaiscínteacht as nuair a
bhíodh aon bhraon ólta aige."

"Is fíor duit sin.

'Don fhear atá i ndon Béarla a choinneáil le foghail-
éara agus iascaire, le sagart nó Sasanach, is córa mo
chuidse,' adeireadh sé."

"Hea, dá bhfaigheadh sé tuilleadh saoil ——— "

"Bhí an-chion aige ar Pheadar Beag mar sin féin. Ní
túisce a bhíodh an chruib mhóna leagtha aige chuile
Shatharn ná théadh sé suas Sráid na hAbhann, le cual
páipéir a thabhairt abhaile chuige."

"Hea! Sin é an áit ar chac sé ar na huibheacha muis!"

"An bhfuil a fhios agat céard a nínnse nuair a thos-
aigh mé féin ag carraeracht, in áit an tseanbhuachalla?
A luach a ól agus seanpháipéir an tSúileabhánaigh a
thabhairt chuige! Chomh luath is a liostáil Peadar Beag
níor fhan mé le mo thóin a scríobadh nó gur dhóigh mé
an chruach leabhar agus páipéar a bhí aige sa seomra.
Dar an Pota Pádraig, dhós."

"Hea! Mise a mheabhraigh duit é."

"Ní raibh aon chall ag aon duine é a mheabhrú dom.
Cad deir tú leis an chéad uair a d'fhill sé abhaile nach

raibh an dara hanáil aniar as a bholg aige istigh ar an urlár, nó gur fhiafraigh cá raibh na páipéir! B'éigin dom deich agus dá fhichead — luach dhá ghalún an uair sin — a shíneadh amach úr gléigeal ar a bhois!"

"Hea! Thuas ansin ag gob an locha i mo stóicín in éindighle m'athair a bhí mé an chéad lá ar thug d'athair-sa síos chuig an scoil é. 'Hea, dar príocaí,' adeir m'athair — go ndéana Dia grásta air! — 'déarfainn nárbh ag leannántacht lena leas a bhí Uaitéar marach gurb é an scorachín is sine aige é, agus go sílim gur dhá chur as bealach na heascainne atá sé.....' "

"Dá n-éiríodh sí ina gad chomh mór leis an mbogha báistí aniar faoin tóin aige an lá sin......!"

"Hea! Dá ádhúla dá bhfuil a thóin, cá bhfios fós nach dtiúrfadh sí siúd ——"

"Tiúrfaidh muis.....! Ní raibh ar thús agus ar dheireadh a anála ag m'athair an uair sin ach:

'Dhá ghabháltas mhóra againn. Dhá pháipéar mhóra cíosa ag teacht.....Cladóir a shíl billeoig de Bhíobla an mhinistéara a bhualadh orm mar nóta chúig phunt ar an aonach!..... Sí an fhoghlaim an tSeamair Mhuire feasta....."

"Hea! Agus an teach ar fhág sé é ar feadh sé bliana ——"

"Seacht mbliana!"

"Ag Liaimín Thomáis, fear a d'fhéadfadh díon a chur ar a theach le próiseanna, hea."

"Dar an fóiséad muise shloig Peadar Beag an scoil. Shloig chomh sciobtha is shloigfeadh fear cladaigh 'féans'.

'Shíl mise go raibh dlí agam,' adúirt an K.C. Mór lá ansin thiar ar an loch ——"

"Hea, bhí sé ag foghailéaracht in éindigh liomsa cúpla bliain ina dhiaidh sin thoir ag an Easca Rua. 'Ní raibh call dó a dhéanamh,' arsa seisean, 'ach an áit timpeall mo thí a choinneáil glan. Hea, diabhal mogal ariamh ach ag ól poitín sa stábla agus ag léamh mo chuid leabhra dlí.' "

"An raibh tú tigh an tSúilleabhánaigh an lá aonaigh ar chabáil sé Máistir na mairce siúd ———"

"Hea, agus deartháir an tSúilleabhánaigh a bhí ag dul ina shagart ———"

"Ara nach gcuimhníonn tú an chéad am ar tháinig sé abhaile gur chabáil sé sagart an phobail nuair a thug muid aníos é leis an talamh a réiteach."

"Is deacair dó an t-ádh a bheith air!..... Hea! Is air atá sí!....."

"Nach diabhlaí nach ndearna an sagart madadh báite dá theanga ina bhéal? Dar an Pota Pádraig sílim go raibh brainsí aige féin chomh maith leis an sagart, ar an gcaoi sin!"

"Hea, diabhal brainsí muis ach neart dailtíneacht agus brainsí Liaimín Thomáis! Bhíodh sé sin freisin ag caitheamh daoine amach agus ag dúnadh toibreacha....."

"Beidh diabhlaíocht eicínt eile aige an iarraidh seo, diabhlaíocht nua as an bpíosa....."

"Hea, b'fhéidir diabhal a chos a thiocfadh níos gaire ná an sráidbhaile....."

"Bhí sé chomh maith duit a rá nach n-ólfadh putóga sáile siúd thíos ag na cladaigh 'féans'!....."

"Hea! Agamsa a bhí sé go deireannach....."

"Agatsa....."

"Agamsa! Agamsa! Hea, arb amhlaidh a bheifeá ag iarraidh a rá ———"

Lioc an carraera an hata anuas ar a mhullach de phreib. Tháinig fiaradh ina shúile suas sna mogaill. Bhí a bhéal plobarach ag driogadh:

"Dar an fóiséad! Ard na Seanbhuaile! Aire dhuit!....."

"Hea! Micil Bán."

"Micil Bán!"

"Micil Bán ag teacht den Easca Rua."

"Nach mé nach n-aithneodh gualainn ard agus gualainn íseal Mhicil Bháin!"

"Is é Micil Bán é."

"Dar an Pota Pádraig muis, ní hé Micil Bán é."

"Sé Micil Bán é, hea."

"An mbainfidh tú éitheach asam?"

Chúb an fear eile leis an gclaí nó nach raibh aníos aríst ach a chloigeann:

"Tuige? An bhfeiceann tú ———"

"An caipín iontaithe siar!"

"Hea! Na brandaí?"

"Na brandaí! An síleann tú gur cladóir mé a d'fheic-feadh cóitín gearrchaile treasna an chuain, i gCondae an Chláir!"

"Hea! Nach bhfuil an ghrian ag scartadh ar an Ard fós!..... B'fhearr liom muis nach dtiocfadh an fear sin!"

"Nárbh fhearr linn uilig é..... Mo chuid buinní air!..... Dá mbeadh duine ann anois a dhéanfadh pleain mhaith. Tá cloigeann pleaineanna ortsa....."

"Mise! An fhoghlaim chéanna a fuair an bheirt againn, hea!"

"Tusa a chuimhnigh ar an uamhain faoin Aill a réit-each amach le haghaidh an phoitín, agus ní bhfuair aon phílear ariamh ó shoin í."

"Hea! Tar anuas....."

93

"Tar éis aistir agus troscadh mo lae.....! "

Chruinnigh guaillí an charraera ina ndioc:

"Féach! Aníos leat thusa anseo, in ainm Dé.....!"

D'ardaigh an fear taobh istigh de chlaí é féin, dhearc go scéiniúil i leith an aird agus chrom aríst ar an nóiméad:

"Hea! D'fheicfeadh sé mé!" arsa seisean de ghlór chomh sprochta, chomh híseal, is gurbh ar éigin a chuala an carraera é.

Thug an carraera é féin súil ghiongach ó dheas:

"Feicfidh sé mise! Feicfidh sé mise anseo! Dar an Pota Pádraig is fíor duit é! Is fearr dúinn gan suantas a tharraingt orainn féin, nó go gcuimhní muid ar rud eicínt....."

Tháinig de scaradh gabhail thar thaobh na cruibeach anuas ar bhosca an acastóra chomh luaimneach le fear ag cromadh ó urchar.

"Hea! Beidh sé ag Cloch na Scíthe ar ala an chloig agus brisfidh sé soir an t-aiciorra....."

"Mar is minic leis tá a chosa ag dul amú ar a chéile..... An bhfeiceann tú siúd.....??"

"Hea, nach maith luainneach a thug siad ón sráidbhaile é....."

"Fuair sé marcaíocht ó charr eicínt as Leitir Fíóg....."

"Hea! Féach anois é.....! Ag suí síos, mo choinsias..... Le cuimhniú ———— "

"Cé an ceann den dá theach a dtiocfaidh sé ann. Diabhal ceo eile....."

"Hea! Rinne sé an cleas céanna ar thíocht dó an chuairt deiridh....."

"Meas tú céard is fearr a dhéanamh?"

"Hea! Má tá aon deor poitín ar an tamhnaigh, frag a

dhéanamh dhe....."

"Míthráthúil go leor níl, ná dalladh liabóg leathair."

"Cogar seo, ar thug tú an ghabháil leat?"

"Ní dhéanfadh sé ach borradh leis, ar aon nós."

"Hea! Ar chuimhnigh tú ar an ngabháil?"

"Níor chuimhnigh mé."

"Hea! Coicís eile gan aon deor! An chéad mhaith a dhéanfas sé, cheal é a fháil, cac sa tobar, hea! Ní fhéadfadh mac Cheaig a bheith sciúrtha uilig. Nó má tá is gearr siar go dtí an deatach fáilí údan thiar i dTulaigh an Chip. Hea! An oiread a thabhairt dó ───── "

"A chur suas le muintir an bhaile ansin gan a phóit a leigheas dó ───── "

"Nuair a bheadh sé i ndon a dhá chois a chur faoi aríst.....! Hea! B'fhéidir é, m'anam..... Sin pleain! Chaithfeadh sé a dhul don tsráidbhaile ansin. Hea! Diabhal a mbeadh a fhios agat nach imeacht ar bhus nó ar leoraí móna a dhéanfadh sé, agus dá dtugadh sé taobh Bhéal Átha na Sluaí air féin, hea, diabhal is móide a gcuimhneodh sé ───── "

"Níor chuimhnigh sé a theacht bliain go samhradh seo agus an tEarrach roimhe sin agus dhá bhliain go Nollaig roimhe sin ───── "

Dhúin béal an fhir eile ina uaim dhlúth.

"Hea! Sin é é. É ag teacht dhá bhroimseáil féin ina phúca na sméar anuas orainn, chuile bhliain..... Caithfear an scéal seo a shocrú."

"Caithfear."

"Caithfear! Hea!"

"Dar-an Pota Pádraig, caithfear. Nach shin é adeirim féin i gcónaí!"

"Hea! Caithfear a dhul go dtí aturnae aríst agus a rá

ansiúd anuas ar chlár an bhoird leis nach mór dindiúirí a fháil ar an talamh."

"Dindiúirí siúráilte freisin."

"A dhul chun cúirte. Hea!"

"Ní stró ar bith a dhul síos go dtí an sráidbhaile....."

"Sea agus sa gcúirt fhada."

"Sa gcúirt fhada."

"Agus i dtigh diabhail, suas go Baile Átha Cliath! Hea!"

"Foighid anois! Deir siad go bhfuil sé seacht scóir míle go Baile Átha Cliath agus ní fheilfeadh dár leithéidí se'againne ———"

"Feilfeadh nó ná feileadh gabhfar ann, i dtigh diabhail! Hea!"

"A anois, bheadh sé ceart go leor coinneáil sna cúirteanna beaga gearra thart anseo, ach dar an Pota Pádraig ———"

"Hea! Cogar seo, arb shin í an láí a cheannaigh tú dom inniu?"

Bhí an fear eile ag méirínteacht isteach sna muineacha ar urlár an chairr idir dhá chliath den chruib.

"Tá Pílear na gCúig Chnaigín an-mhór leis an ngiúistís. Cleamhnas, adeir an Súilleabhánach ———"

"Hea! Nach shin láí chiotach!"

" 'Focailín a chur isteach ar a chorr: is minic ariamh a rinne sé leas,' adúirt Pílear na gCúig Chnaigín liom ———"

"Hea! Cé an chaoi a ndéanfaidh mise rómhar le láí chiotach?"

"Bí buíoch í a bheith ciotach féin agat! An chéad cheann a chas liom!"

Thóig an fear eile an láí amach ar an mbóthar ar feadh

nóiméide agus d'fhéach síos suas ina ghlaic í:

"Hea! Dá gcailltí i dtiarach an diabhail é, dhéanfadh sí — ciotach féin — a sháith de pholl dá choc gránna! ....."

"Sin é anois é! Dá gcailltí cheana!.... "

"Ní hé ach siúd é é..... An oiread a thabhairt dó, hea, is nach bhfanfadh smeach ina thóin ———"

"Dar an Pota Pádraig, ní ólfadh sé an oiread sin. Is é an uair nach mbíonn sé le fáil is mó dailtíneacht dhá iarraidh é."

"Hea! É a mhealladh. Bheith an-mhór leis. Hea, nuair a gheofaí tite é é a chur air den bhuíochas. Féans, súlach tobac, maith an tairbh, luibh an bhad gadhair, moingmheara, chuile dhiabhal a chur air dó."

"Bheidís i ndon oscal air."

"Hea! A rá nach raibh a fhios againne céard a chuaigh ina tincéara de bhoilgín soir ar fud an Achréidh."

"Bheadh an baile te bruite le póilíos. Ghabhfadh coiste dháréag air. Thiúrfadh an sagart an Misinéara Mór chun an phobail ———"

Ag cur a shúile aniar óna mhailí dó, d'fhéach an duine eile go fadálach i leith an aird:

"Ba diabhlaí nár maraíodh sa gCogadh é, hea."

"Agus urchair ag dáir a chéile ann! Mara brainsí ar bith ———"

"Hea! Diabhal blas ariamh ach bolgach bheag san éadan. Nach roighin atá an eascann, hea!"

"Ó, sin é scéal na síóige a thug an ghail do Mhicil Bán thoir ag an Easca Rua, an tráth nach raibh aon tobac sna siopaí!....."

"Scéal thrína sceachóirí, hea!..... Fainic nár cheannaigh tú an píopa dhom! Sin é an fáth dhom a bheith anoir romhat ach chuir Cac sa Tobar as mo cheann é."

Rinne an carraera a hata a chlaonadh go giongach anuas ar chlár a éadain:

"Aire dhuit! Tá sé ag dearcadh aníos. Ag braiteoireacht....."

"Hea! An gcluin tú leat mé? Tá mo dhúdán céasta ó mhaidin. Soir agus anoir an criathrach ag cipiléaracht le giúsach agus cearca fraoigh a chaith mé mo lá! Hea! Ar cheannaigh tú é....?"

"Níor cheannaíos."

"Hea! Níor cheannaís!"

"Níor cheannaíos. Níor cheannaíos, ru....."

"D'anam cascartha ón diabhal, nár tháinig mé anoir chomh fada le Ard na Seanbhuaile i do dhiaidh, dhá mheabhrú duit ar mo ghlanmhochóirí!"

"D'fhéadfá aistir a choisceadh duit féin. Chuimhneoinn ——"

"Hea! Leis an bhfírinne a dhéanamh shantaigh mé rá leat faoin eascainn, ach ansin dúirt mé liom féin gurbh fhearr fuiríocht nó go bhfillfeá agus go mbeadh an dá phíopa ag stolladh i dtiúin. Mac Mór an diabhail....."

"Dá mba tusa a gheobhadh amharc ar an ainsprid sin thíos, an gcuimhneofá ——"

Chuir an fhéachaint aduain a bhí i súile an fhir eile síos i leith an aird ina thost é.

"Hea! Mar dúirt tú. Ainsprid. Sin é thíos é. Ina shuí ar an ard: cosa, lámha, teanga, tóin na hainspride....."

"Sea, muis."

"Hea, anois, ní thiocfadh na cosa luainneacha sin níos faide, ní dhúnfadh na lámha brandáilte sin aon chosán, ní fhuagródh an teanga mhísciúil sin aon *Act*, ní chorródh an cac sa tobar de thóin sin as ball na háite go héag dubh na díleann ———"

"Aigh! Á!....."

"Tá an gunna sáite sa móta seo thoir! Is mó an marc é ná an chearc fhraoigh a bhuail mé ag an gClochar Geal inniu, mo shúil ag déanamh uisce, mo láimh ag eitealla d'uireasa gail i mo phutóig."

"Ó, a Mhuire! A Mhuire Mhór a chuir na nathracha nimhe as Éirinn! Breá nach bhfágfá obair den tsórt sin ag murdaróirí an chladaigh? Sin cleas nach ndearnadh ariamh ar shléibhte."

"Hea! Céard í do phleainsa?....."

"Chrochfaí muid! Chloisfí an gunna!....."

"Hea, chuimhnigh mé air sin an uair sin a dhúin sé an tobar....."

"Chuimhnigh tú air! Síocháin Dé orainn! Chuimhnigh tú ———"

Chuir an fear eile smugairle fíochmhar amach agus thionscain sé osna nár shéalaigh ach go docht agus go roighin:

"Hea, chuimhníos go siúráilte!..... B'fhíor do m'athair é. Níl sa saol seo ach mar phúirín beag átha a dhéanfadh stiléara inniu agus a leagfadh an pílear amáireach."

"Deireadh sé é ———"

"Níor mhian liom go gcainteofaí duth ná dath ar an ainsprid sin i mo láthair..... Hea, bhí mé ag tnúthán nach bhfillfeadh sé go héag aríst. Ach b'fhurasta aithinte dhom aréir é — na ciaróga agus an eascann....."

"Ball séire agat uirthi agus éist léi nóiméad!..... Meas tú dá ndeifríodh muid síos, seasamh ina fhianais agus a rá mar seo leis: 'In ainm Dé agus Mhuire, bíonn an baile seo suaimhneach ———' "

"Go gcuire Dia agus Muire gint bheag chéille sa

spagán de chloigeann sin ort! Ar chuala tú ag déanamh gaisce é as an sagart a chur ina thost? Hea, chualais......
Agus as a chuid rubála..... Chualais..... Agus an príosúnach ar sháigh sé a phutógaí siar ina bhéal de bhior a bheaignéid —— "

"Níl a fhios agam..... Tá Artha an Dul Amú ag sean-Cheaig, ach is beag is mian leis í a chur gan é a dhalladh ar dtús. Muise meas tú dá n-abrainn féin an Mharthainn Phádraig.....?"

"Dúirt tú freisin í an oíche ar rug Pluic ort sa *stillhouse*..... Hea! Tá sé ag éirí..... Hea! Ní chorródh sé as sin go héag dubh —— "

Rug dá chrobh feitheogach ar an adhastar, d'aon iarraidh.

"Hea, níl aon chall duit an capall sin a chur chu siúil —— "

"Tá gaimhín ag éirí. Dar an Pota Pádraig, tá an loch ag cur coilg uirthi féin mar mhadadh....."

"An bhfeiceann tú aon cheo.....? Hea.....! Í siúd..... Nár dhúirt mé leat.....! Soir an t-aiciorra..... Hea! Anois, a bhfuil a chosa ag dul amú ar a chéile?"

"Dar an Pota Pádraig! Claí dhá leagan aige!"

"Claí liomsa.....!"

"Tá sé ag féachaint ar rud eicínt ansiúd.....!"

"Ag féachaint ar m'asalsa! Hea!"

"Claí eile.....!"

"Claí liomsa....."

"Céard siúd atá an t-aibhirseoirín a dhéanamh anois?"

"Hea! Ba cheart go bhfaighfeása pinsean na ndall.....
Ní fheiceann tú m'asal dhá scaoileadh aige.....! Hea, claí eile liom.....! Leis an asal a ligean lom díreach síos san eorna....."

"Sí! Sí! Éist! Tá sé ag fuagairt.....!"

"Cé an bhaint atá ag aon phailitéara tóinscólta spíd-
iúlacht a thabhairt lena chuid rópaí do m'asalsa.....? An
dtuigeann siad go ndlífear, do réir an *Act*, fíneáil nach
lú ná £100 nó bliain phríosúin a chur orthu, ar a gciontú
ann sa tslí achomair ——— "

"Pailitéara!"

"Pailitéara tóinscólta! "

"Céad punt! An chaoi chéanna ar labhair giúistís na
súl sramach liomsa..... Dar an Pota Pádraig, soir chuig
na tithe atá sé ag triall.....!"

"Hea! Soir díreach chuig mo dhoras ó thuaidhsa!"

"Shílfeá muis go bhfuil sé idir dhá chomhairle
ansiúd....."

"Hea! Ar chuir tú do shúile anuas thríot féin nuair a
chonaic tú inniu é? Nach bhfeiceann tú gur soir mo
chosánsa, díreach chun mo thí, atá sé ag dul! Hea! Is
chugam a tháinig sé an chuairt deiridh chomh maith.....
Trí chlaí liom leagtha i ndiaidh a chéile, hea....."

"Tá an claí thoir ar lár le seachtain....."

"Oscail an dá phruchóig de dhá shúil sin agat! Trí
chlaí, m'asal le scoir, é ag dul dhá thealtú féin i mo
chlúid.....! Hea! Hea! Cá bhfios sa diabhal domsa nach
hé an chaoi ar chuir sibh suas le chéile inniu é.....?"

"Muid dhá chur suas le chéile, a chliamhain! Muid
dhá ——— "

"Hea! Is dearthárachaí sibh!"

"Arbh agamsa a bhí neart air, a chliamhain chroí,
gurbh as aon tsacán leis a tháinig mé?"

"Hea, cé an fáth gur ormsa atá sé ag déanamh na
foghlach?"

"Tá a fhios agat, a chliamhain mo chroí, go gcosnóinn

do scáile san uisce, ní áirím —— "

"Hea! Tuige ar soir díreach —— "

"Foighid! Foighid.....! Anois ar soir díreach ar do shráid ó thuaidh atá sé ag déanamh.....? An bhfeiceann tú gur ó dheas thríd an mBanrach agamsa atá sé iontaithe.....? Claí liomsa anuas aige.....! Céard siúd a tharraing sé as a phóca.....? Páipéar.....?"

"Hea! Mapa.....!"

"Aire dhuit.....! Céard siúd?"

"Hea! *Tape* mar bhí ag seirbhéara an bhóthair..... Ag tomhais an chlaí nua atá sé....."

"Dhá chlaí liomsa anuas.....! Dar an Pota Pádraig soir, soir, soir.....! Brúisc.....! Brúisc.....! Brúisc.....! Tá sé dhá dhéanamh ar an mbeirt againn an chuairt seo..... Leagfaidh sé soir go bundún é, allas daor mo dhá bhliain.....! Anois a raibh sé curtha suas.....? Féach.....!"

"Féach thusa.....! Hea, istigh i mo mhóinéar..... Hea! Ag leagan mo chuid féir..... Ó, dar an mháthair ghabhálach! Sin é buíochas mo chnámh ar shaothar goirt a seachtaine, hea.....! Coca.....! Dhá choca.....! Agus an aimsir briste! "

"Shíl mé gur dhúirt tú aréir liom gur triomach go Samhain dhubh na sméar é."

"Hea, an léar duit na lionscaí dubha sin thoir os cionn Leitrí.....?"

Bhí an briseadh colmliath claochlaithe ina riast de phráibeanna agus d'fhearsaidí beaga dubha mar bheadh rúnscríbhinn ar an spéir.

"Hea! Beidh sé ina dhórtadh anocht agus amáireach agus an loch éirithe aníos go hAill athrú amáireach. Ní fhaca mé an spéir lionscach sin ariamh os cionn Leitrí nach ―――― "

"Aire dhuit! Dar an fóiséad, ag déanamh anonn caol díreach ar mo chró mór-sa atá sé. Is mór an t-ádh gur dhúirt mé leo dá mbeadh fionnuartas ar bith sa tráth-nóna an tarbh a chur ar cuaille, thíos amuigh ar an Léana....."

"Hea! Bhí mise ar an Léana uair an chloig ó shoin ag scoilteadh giúsaí agus ní raibh aon tarbh ann....."

"A bhó bhó! Más sa gcró atá sé i gcónaí! Beithíoch teaspaigh nach raibh amuigh le sé lá agus gan bó dhár-ach ar na tamhnaigh! Dar an Pota Pádraig, déanfaidh sé searróg bhriste den bhaile!"

"Tá an baile ina searróig bhriste mar tá sé, hea! Bhí fhios agam aréir é! Na ciaróga..... Ansin an eascann, hea ...."

"An bhfuil a fhios agat cé an scéal é anois, a chliamhain, rud nach ndearna mé ariamh i mo shaol, caithfidh mé éitheach a thabhairt duit, mara n-éiste tú leis an eascainn bhréan sin.....! Ó, bhó, bhó, ru! An gcluin tú anois an tarbh sa gcró.....? Muise, meas tú an bhféachfadh sé lena choilleadh.....?"

"Hea! Déarfaidh mé gur Fear Maith é Dia má chuir-eann an tarbh, nuair a thiocfas sé amach doras an chró, adharc siar agus adharc eile aniar ann!"

"Dar an fóiséad, is é a bheadh deas air! Tá fuil Gabharmint sa mbrúid siúd! Thiocfadh póilíos aníos ceart go leor, ach diabhal milleán a bheadh ag sroich-eadh dúinne ― cúirt ná misinéara ná eile..... Féach siúd ru! An bhfaca tú chomh scafánta is a chuaigh sé as bealach an tairbh.....? Dar an Pota Pádraig, sin pleain.....! A dhul isteach sa gcró de léim, ar theacht amach den tarbh, agus an doras a dhúnadh..... A bhó, chas sé sin coirnéil, mar adeireadh sé féin.''

''Hea! Hea! An léar duit cáil do tharbh ag casadh anois?''

''Suas an seanchosán.....''

''Suas lom díreach go dtí mo chuid beithíochsa ar an Móin Bhuí! Aifreann Mór an Phápa anois ní shlánódh an dá bhudóig laga.....! Hea! Coinneoidh mé mo bhéal ina mhadadh luaitéise. Ní spealfaidh mé braon drúchta go dtí deireadh gealaí anocht.....''

''Deireadh gealaí?''

''Siúd é é..... Hea! An Tuamba!''

''Aigh Á..... An Tuamba!''

''Thú féin a bhaist é sin uirthi: an uamhain faoin Aill Mhóir. Hea! Agus thú féin adúirt an chéad lá ariamh gan a dhul inti go dtí deireadh gealaí ——— ''

''Is fíor dhuit sin. Ach nach hé a bhfuil inti anois uirnis?''

''Hea, tá súlach beag ag Ceaig óg.''

''An scéal faoi phóilíos a chuala tú? Pluic féin ———''

''Hea! Pluic féin níor fhéad an Tuamba a fháil.....''

''Cé an fáth an gcorrófaí an uirnis mar sin? D'uireasa gabhálach ní theastóidh sí. Má éiríonn an tuile féin——''

''Sin é é! Líonfaidh an Tuamba, hea! Ní fhágfaidh an súmaire faoi thalamh giob ariamh gan sceitheadh anuas i ngob an locha ag na giolcaigh ——— ''

''Ní sceithfear anuas an uirnis. Níor sceitheadh ariamh!''

''Hea! Éireoidh an loch suas faoina dhéin! Chonaic tú féin ar ball ——— ''

''Faoina dhéin?''

''Siúd é anois é! Hea! Diabhal gleo ná torann a bheas ann, ná duine a chloisfeas go deo faoi. Beidh sé curtha

104

aisti siar ag an eascainn sul a n-airítear imithe é....."

"Ó Crois Críosta, coisreagan Dé orainn! Agus sin é anois é! Ag iarraidh mé a chrochadh thuas i mBaile Atha Cliath a bheifeá.....! "

"Hea! Curtha suas le chéile ———— "

"Ó, a chliamhain chroí, nár leag sé mo chuid claí-ochasa ———— "

"Is fearr leat dul chun cúirte mar sin! Hea! Luach mo dhá bhudóig.....!"

"Dar an Pota Pádraig, b'fhéidir gur ar láíocht leo a ghabhfadh sé. An bhó a thaitníos leis ———— "

"Chun cúirte a ghabhfas tú! Hea! Dhá pháirc de thalamh tamhnaí..... Mé a mhealladh le do dheirfiúr a phósadh, hea....."

"Á, anois, nár agraí Dia ort é! Nach n-aithnínn an fhead ghlaice ón loch ag glaoch uirthi, ceird nach raibh ar an tamhnaigh ariamh roimhe sin! Má bhí mealladh ar bith ann, í féin ———— "

"Thusa a mheall isteach mé ar thalamh gan aon din-diúirí, hea..... Hea! An t-airgead a thug mé don Iúdáisín bréan is dearth[á]ir duit.....! Hea! Mo thobar.....! Hea! Cuirfidh mé ag mionnú ar chuile leabhar as seo go Baile Átha Cliath thú....."

Ag leagan a láimhe preabaí ar ghualainn an fhir eile dó bhí an carraera ag forchaoineachán:

"A chliamhain dílis déanfaidh mé rud ar bith duit—— "

"Siúd é é! Hea! Nuair a gheofar sínte anocht é....."

"As ucht Dé ort, a dhuine chroí, fág seo abhaile."

"Hea, deifir abhaile. Shílfeá gur rud ar fónamh—— "

"Ocras! Is gearr go mbeidh sé ina oíche. Deir Ceaig go n-éalaíonn tráthnóna fómhair ar luas clocha dhá gcaitheamh i bpoll móna. Siúil uait. Cuimhneoidh muid, in aice chúnta Dé, ar rud eicínt faoi bhealach....."

"Hea! Fuirigh nóiméad! Í siúd!"

Chuir a lámh isteach thar an gclaí agus thug amach tua ghiúsaí.

"Hea! Is blasta a rinne an cailín seo." – ag baint smeach dó le barr a iongan as a béal – "dhá leith de mhaide dubh thoir ar an Léana ar baillín. Bhí sé chomh bog le buinneach ina béal.....!"

Ghluais an capall a thúisce a mhothaigh sí an chéad bhogadh ar an adhastar.

"Hea! Siúd é é! Ar dheireadh gealaí.....!"

"Anois, a chomharsa! An bhfuil aon deor ólta agat?"

"Níl, ach beidh tar éis deireadh gealaí, hea!"

"Teann amach uaim féin agus ó mo chapall! Ag iarraidh mé a dhamnú atá tú....."

"Hea! B'fhurasta aithinte dhom gur curtha suas le chéile....."

D'adhain súile an charraera, theilg an t-adhastar ar stuaic na cruibeach agus thug aghaidh dhocht ar an bhfear eile:

"Thug tú éitheach! Thug tú éitheach mór agus sin rud nár dhúirt mé le aon fhear ariamh....."

"Siúd é é! Hea! An dá chois luainneacha anuas óna mhímhúineadh a bhainfeas mé i dtosach dhe....."

"Ab bu búna mór go héag.....!"

"Hea! Coinneoidh tusa dhom iad!"

"Ní choinneoidh! Ní ——— "

"Hea! Is tú a mheall mo chosasa aníos ó'bhruach locha suas go dtí an bhearna bhaoil sin ar an gcnoc! Coinneoidh tú iad, hea.....!"

"Ní choinneod! Ní choinneoidh mise aon chois....."

"Coinneoir, a mh'anam.....! "

Chaith an carraera é féin ar a dhá ghlúin ar an mbóthar:

"I bhfianaise Dé, a chliamhain, ní choinneoidh mé aon chois....! "

"Hea! Hea! Curtha suas..... B'fhurasta aithinte......! Hea! A theacht abhaile le lái chiotach, gan gabháil, gan píopa.....!"

"Tá cluais Dé os mo chionn thuas ansin sa spéir agus m'fhianaise uirthi nach raibh tada curtha suas.....! Impím as ucht Dé ort" — lig amach é féin íseal i leith bróg an fhir eile — "gan aon láimh a chur ann! Fág ag Dia é. Tá brainsí aige....."

"Dúirt a guth siúd liom go raibh.....! An bhfuil a fhios agat céard a dhéanfas muid? Díolfaidh mūid a chluasa leis an Iúdach buí in ómós cluasa madra uisce.....!"

"Ag iarraidh thú féin a dhamnú ――― "

"Déanfaidh an láimh bhrandáilte fear bréige san eorna hea......"

"As ucht Mhuire a chuir na nathracha nimhe as Éirinn, impím ort an diabhal a dhíb――― "

Níorbh é an fear eile ach an srannán a bhí ag tonnaíl aníos ina chliabhrach féin a chiorrbhaigh a chuid cainte.

"Saillfidh muid a theanga agus díolfaidh mūid ――― "

"Ó, Dia agus Muire do mo chumhdach! Dá mbeadh gan aon chuimhne agat a dhéanamh go deo..... tá tú do do dhamnú féin le bheith dhá shamhlú. Anuas leat ar do dhá ghlúin frómsa anseo agus déarfaidh muid ――― "

"Díolfaidh muid le lucht an tsráidbhaile í. Coiscfidh sí airgead ar K.C. dóibh.....!"

Scréach an gáire as a dhá shúil, as an mbéal cúrach cearnaithe, amach ar an sliabh, siar cluasa an chapaill, síos an béal snagach a bhí crom ar an mbóthar.

"Hea! An guth....! Tom railleoige sa gClochar Geal ina *stillhouse*.... An fhuiseog ag ól lán méaracáin agus ag imeacht súgach sa spéir.... Breac rua ag ól leann rua as giolcach Spáinneach Uaitéir.... Póicíní locha agus fraoch cloigíneach agus fíóga gléasta suas ina bpóilíos.... 'Falach Bhígín' anois.... Tusa atá 'dóite'.... Déanfaidh muid *Downey*.... *Downey* ina chodladh agus *Downey* ina shuí.... Ní hea, ru, ach clann do chlainnesa agus mo chlainnesa ag bualadh báire bheag san áit a mbuaileadh muid ariamh í, ar an Léana.... A Thiarna Thiarna, nach deas an dá ghóraí a dhéanfadh a dhá chois dóibh, thoir ag an sruthán....! "

"Ar son do bheirt pháistí ———! "

Shaghd an dá shúil os a chionn uamhan síos i smior a chnámh....

"Hea! Hea! M'anam nár mhór a gcomh-mhaith de phéire abhus in aice leis an mbogach! Tá do chuidse buille ard dá phéire-seisean, ach lena scoitheadh taobh thuas de na glúine...."

Ag ligean reacht eile den gháire rábach dó chuir a chrobh sa gcarraera a bhí éirithe ar a leathghlúin, agus d'éignigh síos chun an bhóthair aríst é.....

"Hó anois! Dhá ghoraí dheasa! "

D'fhéach an carraera go díbhirceach lena lámha a shnadhmadh timpeall chosa an fhir eile agus iad a bhaint uaidh....!

"Hó anois! *Downey* ina chodladh agus ní éireoidh sé choíchin."

Chuir clapsholas riastrach na hintinne dúbailt dásachta sa mbéim a bhí ag luascadh timpeall chuig na cosa sraoilleacha ar an mbóthar.....

Bhí an capall ag cur na slí di, a cabhail ag bogadh go místuama ar a ceithre cosa daingeana, a cruithe ag gleáradh ar na spiacáin agus ag cuimilt drithleoga astu—drithleoga mar dhéanfadh súile geilt ag sméideadh i gclapsholas.....

SMÁL

BHÍ Peaits i gcois dá leith ar an stól agus ceap ina fhianaise.

Shiúileas ar an gcual a bhí lena ais ar an urlár. Níor léar é i solas meata na coinnle. Ach ba mhaith ab eol dom gurbh é an cual den lota é: an cual cuileáilte sin ina raibh gach glún bróg dar tháinig sa teach, ó athlaochra cailemhineogacha an Chéad Chogaidh Mhóir go dtí úrleathar comhéignithe an chogaidh seo. Ní raibh bróg acu gan fuíoll sontasach na seirbhíse, i sáil, i smut, i mbonn nó in uachtar. Is dóigh liom gur bheag díobh ach oiread a bhí gan créachta máinlíochta Pheaits.

"Ag gréasaíocht aríst, bail ó Dhia ort," adeirimse.

"I dtigh diabhail é, sea," arsa seisean, ag baint osna bhalbh leis an gcasúr as bróig mná a raibh an t-íochtar nochta aige di isteach go diúd. "Péire seanbhróg a bhí aici sin. Go sclára an diabhal aici iad! Deir siad gurbh ait an gréasaí é Seán Pháidín Uí Cheannabháin, ach an gcreidfeá sa anois go bhféadfadh sé caoi a chur ar an smúitín canglaithe de bhróig sin? Ag an diabhal go raibh sí! Féach sin....! Ó dheamhan oiread pointín bioráin ariamh den bhonn slán amach ón bhfeire! Go leá mac an diabhail.....!"

"An gcluin tú aríst é?" adeir Jude, a bhí ag gearradh fataí ag an doras iata. "Ag eascaine! Ag eascaine! Ní

109

fhéadfadh sé scíth a thabhairt dóibh oíche Dé Sathairn féin.''

"Nach mbainfeadh na diabhailíní míofara seo eascaine as caibiléara an Phápa!''

"Bhí scanradh orm go leáfadh do dhá ghlúin ar an urlár an uair dheiridh a raibh an faoistean ar an mbaile. 'Tá an Sagart Mór ag tabhairt sliseáil ghléigeal do Pheaits,' adeir Máire Liam liom i gcogar.....''

"Go leá céir dhearg an diabhail an teanga as Máire Liam! An bhfuil aon choinneal eile ann?''

"Th'éis gur cheannaigh mé péire bróg tigh Cháthain inné, dheamhan an geospailín sramach de choinneal atá ansin agat a thiúrfadh sé dhom, marach gur dhúirt mé leis go mbeinn soir aríst chuige Dé Luain.....''

"Óra, go gcanglaí cír an diabhail é féin agus a chuid bróg agus coinnle! Is furasta aithinte gurbh uaidh a tháinig an pus buinneach seo!''

"Dúirt mé leat iad a fhágáil ansin nó go gcastaí Maitiú Liam aníos. Sin é an fear, slán a bheas sé, a bhfuil an fhoighid aige le seanbhróga.....''

"Ní furasta na bróga cogaídh seo a dheasú,'' arsa mise. "Níl iontu ach leámháinín.''

"Meas tú an bhfuil siad chomh dona sin?'' adeir Jude, ag trácht aniar, agus ag tógáil an phéire nua amach de ráille an bhoird.

"An iomarca dhíobh sa diabhal atá anseo mar tá sé, a bhean,'' arsa Peaits agus thug an bhéim ba riastraí fós faoi smut sceirdiúil na bróige. "Croch leat í mullach an diabhail iad.....''

"Lig don scorach breathnú orthu,'' arsa Jude..... "Sé déag agus punt: ba shin é a luach. An dtaitneoidís leat, a Phádraig? Coinnigh i leith nó go nglana mé an chréafóg díobh le mo naprún. Bhí siad orm ag toghadh fataí inniu."

"Déanfaidh mise bróga díobh," adeir Peaits. "I dtigh diabhail iad mara ndéana muis! 'Speáin iad. Na boinn a shailleadh acu le tairní!"

"Fainic an gcuirfeá!" adeir Jude, a bhí ar ais aríst ag an doras dúinte, in éadan na bhfataí. "Ní fhanfadh aon choiscéim siúil agam."

"Cosa 'ladies'! Cosa grutha! Ríméad ru! Nár fheice Dia an t-ádh orthu agaibh! Is gléigeal an dá dhiabhal de phabhsaethe iad sin ar chosa aon duine....."

Theilg anuas chun na talún iad. B'fhollasach ar an teannadh a chuir sé leo gurbh ar phláinéad ní b'ísle fós ab fhearr leis a mbualadh.

"Caith ag buláin sléibhe an phlapa mhóir seo thíos iad. Ní chuirfidh siad aon dó croí ar an dá dhiabhal de dhá chraosánach sin..... As ucht Mac Dé ort, a Phádraig, agus beir ar an gcoinneal, nó gur léar dom céard a bheas mé a dhéanamh..... I gcoisbheart an diabhail go raibh an tseanbhróig chéanna! Dhóigh sí, nó diabhal eicínt, í.... Féach sin! Dar Dia ní hea, ach is é Pus Dóite a bhí dhá diúl! Go gcuire an tIfreannach scólta ina thiarach í....! "

"Crois Críost orainn! Dúirt mé leat ligean di féin-eacht."

"Diabhal ligean muise! Mo chorp ón diabhal má lig-eann! Deasóidh mé í, dhá mba olc uirthi é! Bheadh sí ina líbín dá slogadh diabhail ifrinn gach deor uiscè ar an talamh agus os cionn talúna! Ach deasóidh mé í, má bhíonn orm iall a fheannadh de thóin an diabhail ribigh le cur uirthi.....! Fuirigh leat! Meas tú anois, a Phád-raig, dá liginn stiall mhaith de shean-uachtar i leith

111

ansin ar a fhad faoin tosach....? Cáil an scian ghéar....?
Leag mé an deabhac ansin nóiméad an chloig ó shoin.....
An solas anall anseo, a Phádraig! Go n-ardaí Deaideo
na nAdharc leis ina chlaise bhreoilleach í....! "

"Fearfaidh na mionna móra," adeir Jude, ag éirí di ón
doras dúinte. "Ná bac leo níos mó."

"Mo chorp cascartha ón diabhal muis go mbacfad, dhá
leádh na taobháin thuas ar an teach.....! An choinneal,
a Phádraig.....! Cá ndeachaigh an raibiléara scine.....?
Ó ní raibh aon cheo ariamh le fáil sa deabhac de theach
seo nuair a bheadh cruóg leis.....! Ag Mallaíodar Mór na
Muc go raibh sí maidin agus tráthnóna! An t-aon diabh-
ailíneach de scian ghéar istigh sa teach.....! Breath-
naigh sa gcual sin, a Phádraig.....! Teann amach uilig
ó na bróga buinneacha sin a bhean. Níor mhinic an
slacht san áit a mbeadh crúibín ghiongach mná..... Tusa
a d'ardaigh leat siar, i spaga an diabhail, chuig an doras í,
go dtí na criocháin sin..:...! Go dtarlaí Dia cóir i dtiarpán
an diabhail sceadaigh í.....! "

Bhí ardú ag teacht ar Pheaits. An babhta deiridh a
bhfacas ag gréasaíocht é bhí sé sa riocht seo freisin.
Bhris sé an ceap le iarraidh den chasúr, thug fiach
ormsa síos sna goirt agus b'éigin dom coinneáil as a
bhealach aríst go ceann coicíse.....

"An bhfuil aon iarracht bhainte ar na criocháin, a
Pheaits?"

Ag iarraidh a thláthú anuas a bhíos nó go bhfaigheadh
Jude an scian.

"Óra, dar diabhal na crúibe! Meas tú ar a dhul suas
dom inniu céard a fuair mé feistithe i mbéal an phoill
fataí.....? Dhá asal leis an aibhirseoir plapach seo thíos.
Ó mo ladhar seargtha ón deamhan; marach gur chinn orm
an rálach de phíce a fháil in aon áit sa ngarraí go

ligfinn a bputóga amach úr slachtmhar, ansiúd ar an
iomaire.....! Teann i leith aghaidh an tsolais, a Phád-
raig! Bhí Spáig Scoilte féin thart ar an teallach seo....."

"Mara raibh, níorbh iontas ar bith liom dá mbeadh,
diúltaíomuid dó! " arsa Jude, a raibh a lámh ag sméar-
acht i ndóigh agus in andóigh.

"Dhá ainsprid de dhá asal! Cé an bhrí ach nuair a
chuaigh mé ar an mBarr Láir tráthnóna i gcoinne na
mbeithíoch meas tú cén t-eallach an diabhail a fuair mé
feistithe istigh romham ann ach an chuingir chumhra
chéanna? Diabhal ní faoin domhan a bhí agam ach scinín
bhuinneach an tobac. Nár fhága mé ball na háite seo beo
marar shíl mé scor a thabhairt faoin mbolg don fhionnóig
liath! Dar smaois róstaithe Liúsafar na n-adharc, meas
tú nach mbuaileann an rálach dá sheanchic isteach
ansin ar an mbunrí mé! Tá mo láimh ag eitealla mar
bheadh sála an diabhail ann, ar feadh na hoíche! Féach
sin.....! Plapa luchtmhar ag ceapadh go dtóigfidh sé dhá
dhiabhal choillte de dhá bheithíoch agus dhá dhiabhal
chlochacha de dhá asal ar dhá leic dhóite de dhá gharr-
raí! Mo chraiceann feannta ó Chollach Mór Ifrinn....."

"Seo í í," arsa Jude ag tarraint na scine amach as
béal bróige sa gcual. "Tá sé luaite chomh minic agat is
nárbh iontas liom, sábhála Dia sinn, a choincín loiscthe
a fheiceáil ag teacht anuas an simléar! "

"Teagadh sé leis, i mullach an diabhail! Beidh fáilte
agamsa roimhe, feicfidh tú féin," arsa Peaits, ag glanadh
na scine siar agus aniar ar a bhois. "Dar plapa dóite an
tSéidire dheirg deasóidh mise í.....! I mbundún bruite an
diabhail mhóir álainn go raibh an cual sin! Níl uachtar
slán ag gabháil leo. Grifisc bhróg atá ite ag seanbhóith-
ríní rocacha an diabhail, ag seanchladaigh spiacán-
acha an diabhail, ag seanleacracha goibeálta an

113

diabhail..... Déanfaidh sí seo. An solas, a Phádraig! A phlapa róstaithe ag an diabhal, é féin agus a dhá gharraí.....! "

"Éirigh as, in ainm Dé....."

"Diabhal éirí muis, ná cuid d'éirí. Deasóidh mé í...."

Chaithfeadh sé gur míthreifideacht eicínt a ghabh mo theangasa, an nóiméad sin.....

"Tá sé ag fáil tairbh."

"Do chorp ruaimnithe ag an diabhal, cé hé?"

"Plapa Mór."

"Tarbh! Tarbh! Tarbh ru.....! "

"Tarbh mar tá ag na Draighneáin."

"Is dalba an sórt beithíoch atá sé a thabhairt isteach ar an mbaile," arsa Jude. "Bodhróidh agus bréanfaidh agus sceanfaidh sé na daoine."

"Tá sé féin agus Fear na bhFataí len imeacht dhá iarraidh....."

"I ndiallaid the an Rujbh-Mharcaigh go raibh sé féin agus Fear na bhFataí.....! Fan síos ansin, i dtigh deamhain, a raicleach," arsa seisean, leis an mbróig a bhí geantáilte aige in aghaidh a ghlúnach.

"Deir sé liomsa muis gurb aige a thiocfas a bhfuil de bheithígh as seo soir....."

"B'fhearr liom, go díreach glan, a Phádraig, lán a boilg de nimh a thabhairt, i dtóin na tubaiste, do mo dheabhac de bhó....."

"Coisreacan Dé orainn, is deacair don teach an t-ádh a bheith air! " adeir Jude.

"Má theagann an tarbh sin ar an mbaile, a Phádraig, i dtiachóig an diabhail chróin é mara ngabha mé féin síos lom láithreach nó go dtosaí mé thiar i mbun a imleacáin mar seo....."

114

Tháinig béal na scine ag ropadh anall thríd an leathar ina créacht líofa.

"Ní fhágfaidh mé comharthaíocht ar bith—cion na caidéise féin—ar sliobarna as. Diabhal é muis....."

Theasc sé an t-uachtar siar glan os cionn deireadh na bróige.

"Ar airnéis sheasc Mhaor na nAdharc go raibh sé, ní dhairfidh sé aon bhó i mo dhiaidhsa! Fágfaidh mise ansiúd ar an leic aige é agus log a bhléanach ina chnó caoch. Spólfaidh mé, in uirí an diabhail, bléantracha clochacha'a phéire asal, nó go mbeidh siad chomh feidheartha le sparán bacaigh..... An solas, a Phádraig....."

Thomhais sé an stiall leathair aniar ar bhonn na bróige a bhí aige ar ladhair an chip:

"Ó, i mbléin the an diabhail é, ghearr mé róchaol é ....! Tá sé leath-orlach uireasach....! An craitheadh atá sa stríopach de láimh! I gcuingir an diabhailín ghiobaigh iad mar bhróga! Go dtuga an tAibhirseoir Mór féin go Leic na Crónach iad.....! "

"Ní chuirfeadh sé lá iontais orm," adeir Jude, ag ligean osna thláith, "dá dteagadh scáil ghléigeal leis an teach a loscadh ina smúrabhán. Caith suas iad, ar son Dé, agus téirigh amach le fataí an lao. Tá siad gearrtha anois."

"Óra, éist liom le do dheabhaicín de lao! Seanbhróga basacha, dóite, buinneacha, cangailte..... Cá bhfaighidh mé uachtar slán eile anois, le stiall a bhaint dhe.....? Coinnigh i leith an solas, i dtigh diabhail....! "

"Tá smál ar an gcoinneal," arsa mise.

"Smál ag Tiachán brothallach Údan Thíos uirthi! Tinneas boilg an diabhail bhig uirthi! Buinneach an diabhail mhóir uirthi....! "

115

"Leag thart iad, go bhfaighe tú solas an lae. B'fhéidir gur gearr uait lá fliuch....."

"Óra, lá fliuch i mbualtrach na Riabaí....! Cé an sórt crúbáil an diabhail mhíolaigh atá sa gcual sin ort? Ní minic méar mná sona....."

"Caithfidh mé mo bhróga a tharraint faoi mo chosa agus a dhul amach le cuid an lao."

"Beidh mise ag dul ag an Aifréann moch," adúras-sa. "Má bhíonn aon smál ar na réalta beidh mé gan bearradh anocht. Ba mhór an grá Dia an bhadhbh de choinneal sin a thabhairt dom."

"B'fhéidir a Phádraig, i bhfad uainn an anachain, gurb é do mhuineál a ghearrfá leis an múillín glothach," arsa Jude, a raibh an choinneal ina ciotóig, íochtarach le talamh.

"Ach céard tá tú a chuartú i ngríosach bhuinní an diabhail?" adeir Peaits léi agus ise ag breith ar bhróig den urlár óna chosa.

Bhí béiceanna Jude ina scuaine caor beannach ar mo thí, do mo bhrodadh chun siúil ón scin theascach sin, ag madhmadh uaimhe dorcha i bhfréamhracha mo gháire:

"Cléireach dall an diabhail! Luach mo shé déag agus punt! An t-uachtar gearrtha....! "

AN tOTHAR

Ní fhéadfaidh muid mórán cainte a bhaint as anois, ní ag cur aithne ort é, a Mhicil," adúirt Máire—a bhean —liom agus muid ar bharra ár gcos ag dul suas an staighre. "Tá sé an-chloíte go deo. Ba í an fhainic dheiridh a d'fhág an dochtúr inniu orm suaimhneas a thabhairt dó agus gan aon mhúisiam a chur air..... Tá sé réidh, a Mhicil. Ní abróinn leis féin é, go bhfóire Dia orainn, ach chaith mé ó am dinnéir leis na haiséadaigh agus na bráitlíní....."

"B'fhéidir gurbh fhearr dom mar sin," adúras-sa léi, "gan a dhul dá shárú tuilleadh le mo chuairt."

"A fhaid is nach dtuirseoidh sé é féin ag caint," arsa sise, do mo bhrú isteach roimpi an doras.

D'iontóinn síos an staighre aríst gan Peadar a dhúiseacht, marach gur dhúisigh sé aniar uaidh féin láithreach.

"Cé an chaoi atá ort, a Pheadair?" arsa mise.

"Bhí an ceart go díreach agam, a Mhicil," arsa seisean. "Nuair a chuala mé do chéim agus do gheoin ar an staighre: 'Is é Micil an Bhaile Thiar é. Is é go díreach,' arsa mise. Marach an néall atá orm, dar ndóigh ní cheapfainn luath ná mall gurbh é Tomás Pheaid a bheadh ann. Tá an t-aibhirseoir céanna sách sonda le theacht anuas ar a chuairt chugam tar éis....."

"Ach cé an chóir atá ort, a Pheadair?" arsa mise aríst.

117

"Tá mé réidh, a Mhicil. Scuabfaidh an poc seo mé, go díreach."

"Sin é an deifir a bhí orm leis na héadaigh," arsa Máire, i ngos íseal aniar i mo chluais. "Seachtain ar a mhéid atá mise a fhágáil aige.. Níor dhúirt an dochtúr aon am áirid."

"M'anam, a dheirfiúr mo chroí, go bhfeice sé fód ar an mbeirt againn, bail ó Dhia air. Tá sé sin an-spleodarach. Féach chomh meabhrach is atá na súile aige! Agus gan a dhath ar a chuid cainte, ach an oiread is a bhí aon oíche ná aon lá ariamh....."

"Goilleann sé air dhá fhocal a chur i ndiaidh a chéile, a Mhicil."

"Is gearr uaim. Is gearr, go díreach."

"Ara, 'gcuire Dia an t-ádh ort agus éist liom, a Pheadair! Is gearr go mbeidh tú ar do sheanléim aríst, abair! Caithfidh muid uilig deachmha na sláinte a íoc...."

"Agam féin is fearr a fhios, a Mhicil. Tá mé réidh. Táim, a Mhicil. Táim go díreach....."

"D'agródh Dia ort a bheith ag caint mar sin, a Pheadair. Diabhail a bhfaca mé ag breathnú chomh bláfar ariamh thú, bail ó Dhia agus ó Mhuire ort! "

"Is cuma sin, a Mhicil. Is é a bhfuil ionam gailín anála....."

"Ara, beannacht Dé dhuit, a Mhicil!" arsa Máire, aniar i mo chluais aríst. "Thraoth sé go dtí lán do ghlaice le lá nó dhó. Dhá mbeadh ceirín an dochtúra bainte dhe, shílfeá gur páiste sa leaba é....."

"Le titim na hoíche a chuala mé go raibh an dochtúr agat inniu, a Pheadair. Cé an meas a bhí aige ort?"

Dúirt sé nach raibh air, a Mhicil, ach an méid a bhí anseo i mbéal a dhuilleoige."

"Níor dhúirt sé, ná tada dhá shórt, ná ní fhéadfadh sé a rá.Dúirt sé nach raibh orm go díreach ach an méid a bhí isteach anseo faoi na boilgeasnachaí....."

"Níor dhúirt muise, a Pheadair ——— "

"Dúirt muise ——— "

"Deirim leat nár dhúirt, a Pheadair! Nach raibh mé ag éisteacht leis! 'Sábhála Dia sinn! Isteach faoi na boilgeasnachaí! Nach mbeifeá réidh dhá mbeadh! Séard adúirt sé gur isteach i mbéal do dhuilleoige a bhí ——— "

"Ó dheamhan gar ag caint! Ní fhaca tú ariamh, a Mhicil, aon phraiseachín bhréan mar níos bean de rud ar bith a ghabhas sí a shárú! Faoi na boilgeasnachaí adúirt sé. 'Deile céard a d'fhéadfadh sé a rá, go díreach? Nach ann a bhí sé ón gcéad lá ariamh ar éirigh an gortú dhom? Ansin amuigh i nGarraí an Bhóthair bliain go Féile San Bairtliméad seo caite, agus mé ag déanamh an chlaí a leag beithígh an aibhirseora sin thuas ——— "

"Anois, a Pheadair, leis an gceárt a dhéanamh ba iad na beithígh se'againn féin ——— "

"Na beithígh se'againn féin! An éistfidh tú liom? Deirim leat gurb iad beithígh an aibhirseora sin thuas — an bhudóg chéileoige agus——— "

"Ach, a Pheadair, ba iad na beithígh se'againn féin ——— "

"Ó, nach sheo é aríst é! Deirim leat nárbh iad na beithígh se'againn féin ——— "

"Ach an dochtúr, a Pheadair?"

"Leag sé an gléas siúd atá aige, a Mhicil, anuas ar a chliabhrach agus chuir a chluais leis. M'anam gur airigh sé cá raibh an fabht ar an bpointe. Anseo i mbéal na duilleoige ——— "

"Go dtarrthaí Dia sinn! Éist adeirim leat! Faoi na

boilgeasnachaí atá sé! Na boilgeasnachaí, go díreach!
Cé an chaoi a bhféadfadh an fear croí—mara bhfuil sé
dall—rud a fháil i mbéal na duilleoige, rá is gur faoi na
boilgeasnachaí atá sé! Nach mé nach bhfuil a fhios
agam é! Nár airigh mé an easna ag liocadh faoin ngró
bliain go Féile San Bairtliméad seo caite —— "

"Ba shin é an uair a bhí agat a dhul roimhe, a
Pheadair —— "

"Diabhal suim a chuir mé ann, a Mhicil. Theagmhaigh
daol liom faoi láthair ach dheamhan pian a mhothaigh mé
go dtí inné —— "

"Bhíodh arainn air fadó, a Mhicil —— "

"Bhíodh arainn orm fadó, a Mhicil, agus shíl mé gurb
í a bhí do mo bhualadh aríst. Am eadra inné chuaigh mé
go mbreathnaínn ar chlaí Gharraí an Bhóthair. Bhí an
t-aibhirseoir sin thuas, Tomás Pheaid, tar éis na
beithígh a chur sa nGarraí Láir taobh thiar. Shín an
bhudóg chéileoige a smut tóirí aniar thar an gclaí go
díreach mar a rinne bliain go Féile San Bairtliméad seo
caite. Chuir an bulán dubh a chliabhrach leis. Ach chinn
air an chloch mhullaigh féin a chur anuas. Dhá bhfeic-
theá an chaoi ar thosaigh sé do mo dhearcadh! Tá
droch-shúil aige, a Mhicil! Ón aibhirseoir é féin a thóig
sé í, go díreach."

"Anois, a Pheadair, leis an gceart a dhéanamh níor
chuala muid ariamh faoi féin, ach chuala muid faoin ——"

"Níor chuala tusa é! Chuala mise é! Chuala mise é,
go díreach! Dar ndóigh, ba é an cás céanna duitse é a
chloisteáil le airgead a dhul i bpóca druncaera ——"

"Ach an bulán, a Pheadair?"

" 'Bailíodh leat anois, a spaga thoclaithe' arsa mise.
'Tá an claí sin dúshlánach, ní hionann is an uair

120

dheiridh a raibh tú ina éadan!' Ó diabhal cor, a Mhicil,
ach do mo dhearcadh i gcónaí, i gcónaí. Aniar liom féin
an garraí, go díreach. Ag teacht amach an mhaolbhearna
dhom ar an mbóithrín, ara, a dheartháir mo chroí thú,
bhuail sí isteach ansin mé faoi na boilgeasnachaí: pian
a mheilfeadh caiscín i muileann!-B'éigin dom mo dhá
uillinn a leagan ar an gclaí ——— "

"Caite ar a bholg ar an leicín faoin gclaí a fuair mé é,
a Mhicil——— "

"Óra, an gcloiseann sibh! 'Caite ar a bholg.....' Deir-
imse nach caite ar mo bholg ar an leicín.... Ar mo chrom-
ada faoin gclaí a bhí mé! Ar mo chromada faoin gclaí!
Sin é an chaoi a raibh mé, go díreach! Chuir sí láimh i
m'ascaill chlí agus threoraigh léi aniar mé agus isteach an
doras ó thuaidh. Dhá mba abhus ar an áiléar a bheadh na
Flaithis ní bheinn i gcruth theacht aníos an staighre, marach
gur tháinig Nóra agus Jude agus Taimín Mhaidhc isteach...."

"Lig mé anuas ar an gcathaoir é, a Mhicil ——— "

"Ó, a Dhia láidir! Cé an chathaoir sin ort? Nach suí
fúm sa gclúid ó dheas a rinne mé! Nár iarr mé ort an
chathaoir a shíneadh chugam nó go leagainn m'uillinn
uirthi! Bhí mé do mo shníomh le pian! Is diabhlaí fiar-
theangach iad na mná céanna! 'Lig mé anuas ar an
gcathaoir é.' Níor lig muis! Sa gclúid ó dheas a shuigh
mé, go díreach! Cé an diabhal maitheasa do dhuine——— "

"A, seo! Ná bí ag cur múisiam ort féin ——— "

"Cé an diabhal neart atá agam air ——— "

"Tá tú ag déanamh an iomarca cainte ——— "

"Nach gcaithfidh mé an scéal a cheartú don fhear——?"

"Tá tú ag dul thar chomhairle an dochtúra. Dúirt sé
leat a bheith suaimhneach agus gan mórán cainte a
dhéanamh, ar fhaitíos go dtiocfadh ardú ort. Inseoidh

mise an scéal do Mhicil ——— ''

"Innis leat mar sín é! Níl duine ar bith dhá bhaint aniar as do bhéal ach a inseacht ceart.''

"Thug mé deoch den uisce dhó, a Mhicil, ach an deor féin ní ligfeadh sé siar. Sheas mé sa doras agus ghlaoigh mé ar Taimín Mhaidhc a bhí ag dul suas le bord feamainne ar an asal. Leis an gceart a dhéanamh dheamhan ceo a rinne sé ach an bord a iontú d'aon iarraidh amháin ó thuaidh den gheata ——— ''

"Ó muise muise muise! 'Ó thuaidh den gheata.' Nach ó dheas faoin sceich a d'iontaigh sé é! Chuala mé dhá rá é, go díreach ——— ''

"Nach cuma eatarthu ó dheas ná ó thuaidh é,a Pheadair?''

" 'Nach cuma eatarthu é! ' Sin é i gcónaí é! Is cuma eatarthu más sa duilleoig nó faoi na boilgeasnachaí atá an fabht——— ''

"Ó a Pheadair, ní cuma! Faoi na boilgeasnachaí! 'Sábhála Dia sinn! D'iontaigh Taimín an bord —— ''

"Ó dheas den gheata —— ''

"Chítear dhomsa muis, a Pheadair, gur ó thuaidh a d'iontaigh sé é. Cé an taobh den gheata a bhfuil an bord feamainne, a Mhicil?''

"Féach an rud a d'fhiafraigh sí den fhear! Fear as an mBaile Thiar nach dtéann an bóithrín seo chor ar bith! Agus nár thug sé leis aríst ag imeacht dó é! Is agat atá an t-útamálaí de theanga is measa dar chuala mé ariamh! Bord feamainne a iontú ar an taobh ó thuaidh ——— ''

"Mo chuid tubaiste agus mórdhiomua mo bhliana don bhord céanna! Is mairg dom a chaintigh chor ar bith air! A Pheadair chroí, beir ar d'fhoighid. Déan. Chuaigh mé féin agus Taimín Mhaidhc faoi, a Mhicil. Cé a

thiocfadh — ar uair na hachainí — ach an bheirt ghearr-
chailiú! Thug muid aníos an staighre é eadrainn. Ní
raibh fuilint ar bith aige teagmhachtáil leis an taobh
seo, a Mhicil. Mé féin a bhí faoin ascaill seo aige agus
chuile uair —— ''

"Óra, mo léan! Cá bhfuair tú an óinseach mhór de
theanga sin chor ar bith! Nach hí Jude a bhí faoi
m'ascaill chlé le balla? Taimín Mhaidhc a bhí faoin
ascaill eile. Taobh thiar díom a bhí Nóra agus tusa.
Taobh thiar díom a bhí tú, deirim leat. Taobh thiar díom
le balla, go díreach —— ''

"Chítear dhom, a Pheadair —— ''

"Óra cé an mhaith sa diabhal duit a bheith ag cur
múisiam orm! Níor fhág an marbh láthair. Glaoigh aníos
ar Jude —— ''

"A a Pheadair, déan suaimhneas! Ar son Dé ort déan
suaimhneas! Má chloiseann an dochtúr faoi seo beidh
sé le báiní....."

"Ara ag an diabhal go raibh sé mar dhochtúr! Is maith
atá sé sin íoctha ar ghuaim a choinneáil air féin. Shílfeá
gur mó an imní atá ort go gcuirfidh tú múisiam ar an
dochtúr ná ormsa —— ''

"Ó ní mó, a Pheadair. Ní mó. Thug muid aníos é, a
Mhicil. Shín muid ar an leaba anseo é. Dúirt Jude go
mb'fhéidir go bhfaigheadh sé fuarú ach é a chur ar a
thaobh deas —— ''

"A Dhia agus a Chríosta nach agam atá an fhoighid!
Cé an bhrí ach gurbh í Jude adúirt é! Níorbh í muise
ach Nóra. 'Deile cé adéarfadh é ach Nóra, go díreach?
Ní fhaca mé aon bhean fós ariamh ag inseacht scéil nach
gcuirfeadh sí dhá thóin air as a dheireadh. Féach í sin
anois! M'anam tascartha ón diabhal go gcrocfadh sí

thú ——— ''.

"Éirigh as a Pheadair, as ucht Dé agus Mhuire! An dochtúr ——— ''

"An dochtúr adúirt é! Nach inniu a bhí an dochtúr agam ach inné adúirt Nóra mé a iontú ar mo thaobh deas. Glaoigh aníos ar Nóra, a Mhicil. Hóra, a Nóra ——— ''

"Sí! Sí! Cuir foighid ann, a Mhicil! Sí! Sí! ———! ''

"Ce an neart an diabhail ná an deamhain atá agam air! Mar dhóigh dhe gurb í Jude adúirt ——— ''

"Níorbh í, níorbh í. Nóra **adúirt** é. Is fíor dhuit, a Pheadair. Ba í Nóra adúirt é. Níl ann ach go raibh sé iontaithe ar a thaobh againn, a Mhicil, nuair a fuair sé fuarú, míle buíochas le Dia ——— ''

"D'imigh an ghárphian, a Mhicil———''

"D'imigh an ghárphian, a Mhicil, agus ——— ''

"Agus d'iarr mé deoch uisce ——— ''

"Agus d'iarr sé deoch uisce, a Mhicil. Rith ——— ''

"Rith sí síos i gcoinne an uisce, a Mhicil ——— ''

"Rith mé síos i gcoinne an uisce, a Mhicil, thug mé aníos chuige é, d'ól sé———''

"Ó a Mhic na mBeannacht! Bhí Dia buíoch dhíot, a Mhicil, nár chuir tú cúram cabaire mná ariamh ort féin. Ní beag do chréatúr ar bith pian bhoilg agus gan pian chluaise a bheith air san am céanna. Go deimhin a mh'anam ní thú a thug an deoch uisce chugam, ach Jude a chuaigh amach go dtí barr an staighre agus a rug as do ghlaic ar an gcupán ——— ''

"Is ionann sa gcás ——— ''

"Go deimhin a mh'anam ní hionann sa gcás! Is sonda sa diabhal a ghabhfas cuid de na daoine ag inseacht scéil, lena fhágáil ina chlog leathshnáthaide, go díreach. Caithfear glaoch ar Jude ——— ''

124

"Si! Si! A Pheadair! A Pheadair! Fáisc barróg ar d'fhoighid! An docht ——— "

"An dochtúr! An dochtúr! Tabhair punt eile dó agus feicfidh tú féin air go mbréagfaidh sé é! Cáil Jude? Hóra ——— "

"As ucht Dé ort a Pheadair agus lig den chantal sin. Is gearr go mbeidh tú chomh snoite le scáile aige. Thug an t-uisce ré an achair dó, a Mhicil. Thit sé ina chodladh go ceann tamaill. Ar dhúiseacht dó chaith sé braon bainne te agus ruainne aráin. Diabhal mé idir chuile chaoi go raibh sé i ndon éirí agus a dhul síos ar an teallach ag an sé a chlog ——— "

"Dar sceathrach Shéamais Stíobhaird! An sé a chlog! An dtuigeann tú céard atá tú a rá chor ar bith! Agus gur deich nóiméad don seacht a bhí sé, go díreach! An gcluin tú? Deich nóiméad don seacht! Deich nóiméad ——— "

"Don seacht deich nóiméad don seacht. Deich nóiméad don seacht a bhí sé ——— "

"Nuair a chuaigh mé síos ——— "

"Nuair a chuaigh sé síos ar an teallach a Mhicil ———"

"D'ól mé leath an chupáin de tae a Mhicil ——— "

"D'ól sé leath an chupáin de tae a Mhicil d'ith sé ruainne aráin shuigh sé chois na tine ag comhrá le lucht cuart nó go raibh sé..... go raibh sé in am paidrín níor dhúirt sé an paidrín tháinig sé aníos ——— "

"Níor dhúirt mé an paidrín páirteach ach dúirt mé mo phaidreachaí féin anseo sa leaba. Breá nuair a ghabhfadh duine ag inseacht scéil ——— "

"Fuair sé an oíche réidh go leor chodail sé smailic ba gheall le boilg cheártan é ag srannadh-uaireanta ach uaireanta eile dhúisíodh sé agus é ag éagaoineadh pian

125

anseo i mbéal a dhuilleoige —— ''

"Ó a Mhuire Mhór go bhféacha tú anuas orm anocht!
I mbéal na duilleoige! A Dhia láidir i mbéal na duill-
eoige! Faoi na boilgeasnachaí! Faoi na boilgeasnach-
aí ——! ''

"Ó sea faoi na boilgeasnachaí 'deile faoi na boilg-
easnachaí 'sábhála Dia sinn 'deile 'deile faoi na boilg-
easnachaí is fíor dhuit faoi na boilgeasnachaí a Phead-
air chroí ar maidin tar éis am bhricfasta a Mhicil bhuail
an ghárphian aríst é i mbéal..... faoi na boilgeasnachaí
'deile agus —— ''

"Agus dúirt mé fios a chur ar an dochtúr —— ''

"Dúirt mé fios a chur ar an dochtúr ar an bpointe
agus —— ''

"Thug tú éitheach ó a chaithfeas mé a rá leat! Mise
adúirt fios a chur ar an dochtúr—— ''

"Ó is tú a Pheadair chroí is tú níl mé dhá shárú ort is
tú is tú adúirt fios a chur ar an dochtúr 'deile choimirce
Dé agus na Maighdine dhuit a Pheadair chroí bí suaimh-
neach nó giorróidh tú leat féin mara bhfuil ag Dia bhí an
dochtúr thiar i nDoire Chuilinn a Mhicil ar ghlaoch ola
nuair a chuaigh Jude soir go dtí é ——_''

" 'Thiar i nDoire Chuilinn ar ghlaoch ola nuair a
chuaigh Jude soir go dtí é' —— ''

"Sea a Pheadair chroí thiar i nDoire Chuilinn ar ——''

"Chí Dia a Mhicil gur deacair dhomsa a bheith ar
chaoi ar bith eile ach mar tá mé! Ar chuala tú í? Beir i
bhfad siar ort féin a bhean! Éist liom! Éist liom nóim-
éad a chloig! Dúirt tú é a bheith thiar i nDoire Chuilinn
agus go ndeachaigh —— ''

"Thiar i nDoire Chuilinn muis a bhí sé a Phead-
air —— ''

"Go gcuire Mac Dílis Dé an t-ádh ort a bhean! Tuige.
dhá mba thiar i nDoire Chuilinn a bheadh sé? An síleann
tú —— "

"Ní thiar i nDoire Chuilinn a bhí sé a Pheadair ní hea
ní hea is fíor dhuit é ní thiar i nDoire Chuilinn a bhí sé
ach thiar..... thiar in áit eicínt thiar muis —— "

"Thiar i Roisín na bhFaoilleán go díreach! I Roisín
na bhFaoilleán i Roisín —— "

"Fainic arbh ea a Pheadair shíl mé —— "

"An rún atá agat coinneal bháite a 'dhéanamh den fhír-
inne a bhean? M'anam cascartha ón diabhal nach ——"

"Ó a Pheadair i Roisín na bhFaoilleán a bhí sé is
fíor dhuitse sin 'deile i Roisín na bhFaoilleán i Roisín
na bhFaoilleán cé an chaoi ar chuimhnigh mé ar Dhoire
Chuilinn chor ar bith mo chuid tubaiste agus mórdhiomua
mo bhliana do Dhoire Chuilinn chéanna. Bhí Nóra roimhe
a Mhicil ansin thuas ag béal an bhóithrín ar a theacht
aniar dó as..... as Roisín na bhFaoilleán stop sí an mót-
ar tá aithne ag Nóra ar chuile mhótar dhá dtéann an
bóthar d'innis sí dhó cé an chaoi a raibh an phian air
'i mbéal a dhuilleoige' adeir sé —— "

"Dar mo phutóig dheacrach! I gceann mar tá mé is tú
a thiúrfas giorrachan saoil dom a bhean——"

"Ó a Pheadair a chuid cé an chaoi a bhfaighfeá i do
chlaonta rud mar sin a rá —— "

"Faoi na boilgeasnachaí a bhean! Faoi na boilgeas-
nachaí —— "

"Faoi na boilgeasnachaí a Pheadair faoi na boilgeas-
nachaí ó is fíor dhuit a Pheadair is fíor dhuit 'deile ó a
Pheadair a chuid déan suaimhneas nach fíor dhom é a
Mhicil tá ardú ag teacht air —— "

"Is fíor di é, a Pheadair. Ar mhaith leat atá Máire."

127

"Ó 'deile a Pheadair chroí 'deile cé an chaoi a mbeinn ach ar mhaith leat dúirt an dochtúr —— "

"Dúirt an dochtúr liom mo theanga a chur amach a Mhicil —— "

"Dúirt an dochtúr leis a theanga a chur amach a Mhicil 'an airíonn tú do chosa fuar?' adeir sé —— "

" 'An airíonn tú tinneas cinn' —— "

" 'An airíonn tú tinneas cinn' adeir sé 'an airíonn tú d'anáil ag dul i d'aghaidh' adeir sé 'nuair a lúbas tú thú'—— "

"Is seachmall eicínt ó Dhia atá ort—— "

" 'An airíonn tú d'anáil ag dul i d'aghaidh' —— "

"Nach ndeirim leat a ghlagbhéal nach hea. Cé an mhaith don dochtúr rud a rá nuair nach dtugtar aon aird ar a chuid cainte? Séard adúirt sé go díreach: 'an airíonn tú d'anáil do do ghortú'—— "

"Is fíor dhuit a Pheadair is fíor dhuit 'an airíonn tú d'anáil..... d'anáil..... do do ghortú' adúirt sé—— "

" 'Cé an áit an airíonn tú an dochar' —— "

" 'Cé an áit an airíonn tú an dochar a bhfuil an phian' adúirt sé —— "

"Ó a Uan Geal Dé fóir orm i gciumhais mo léis! Ní eisean a thrácht ar an bpian luath ná mall. Mé féin adúirt gur isteach faoi na boilgeasnachaí a bhí an phian orm. 'An gró a dhochtúir' arsa mise. 'An gró. Níor ól mé aon deor bhainne sláinte a dhochtúir ó bhliain go Féile San Bairtliméad seo caite, nuair a d'éirigh an gortú dhom. Ansin amuigh i nGarraí an Bhóthair agus mé ag déanamh an chlaí a leag beithígh an aibhirseora sin thuas ·—— ' "

"Leis an gceart a dhéanamh a Pheadair ba iad na beithígh se'againn féin —— "

"A Mhic Dé anocht! 'Na beithígh se'againn féin' !
Deirim leat go dílis agus go díreach gurb iad beithígh an
aibhirseora sin thuas — an bhudóg chéileoige agus an
bulán dubh — a leag é ——— "

"Is fíor dhuit sin a Pheadair is fíor dhuit sin beithígh
an aibhirseora sin thuas ——— "

" 'An t-am ar thug sé anuas den chaorán go dtí an
Garraí Láir se'aige féin taobh thiar iad,' arsa mise leis
an dochtúr. 'Dhá lá tar éis aonach na Féile San Bairt-
liméad a bhí ann go díreach, a dhochtúir. Mar sin a bhí
an t-aibhirseoir céanna ariamh agus mar sin is dual
cnáimh sinsire dó a bheith, go díreach, a dhochtúir. Ag
iarraidh bearradh a bhaint de chuile dhuine a dhochtúir.'
'Tuigim,' adeir an dochtúr. 'Innis dom faoin ngortú'.
'Inseod go díreach, a dhochtúir', arsa mise. 'Bliain go
Féile San Bairtliméad seo caite a d'éirigh sé dhom: dhá
lá tar éis an aonaigh go díreach. Bhí an t-aibhirseoir é
féin ag teacht aníos ón gcladach. Bhí mé roimhe ansin
amuigh faoin sceich, a dhochtúir. 'Do ghéaga caca ag an
diabhal' adeirimse leis. 'An síleann tú gur d'aibhirseoir
mar thusa a íocaimse cíos agus airgead acraí. M'anam
cascartha ón diabhal' arsa mise..... 'Ach an gortú?'
adeir an dochtúr. 'Inseoidh mé dhuit faoin ngortú go
díreach a dhochtúir,' arsa mise. 'Chuaigh mé siar nó go
dtóiginn an claí a leag an bhudóg chéileoige agus an
bulán dubh lena chliabhrach a dhochtúir. Taobh thiar
ansin amuigh go díreach atá sé idir Garraí an Bhóthair
agamsa agus Garraí Láir an aibhirseora sin Tomás
Pheaid. Déanfaidh mise claí dúshlánach dhe anois go
díreach arsa mise léi seo, a dhochtúir. Ní leagfaidh an
bhudóg chéileoige ná an bulán dubh aríst é i ndiaidh mo
láimhesa. Thosaigh mé dhá throigh ón gcúinne thiar ó

129

dheas go díreach, agus leag mé liom go híochtar aníos ar feadh sé troithe déag go díreach é a dhochtúir' ——''

" 'Rinne sé fidín ann a dhochtúir' adeirim féin leis —— ''

"Ó dúirt tú é go díreach! Is cuíúil uaitse muis labhairt le dochtúr! D'fhuaraigh an phian faoi mo bhoilgeasnachaí le náire ag éisteacht leis an ngunnaera caoch de theanga sin aici —— ''

"Ach a Pheadair —— ''

"Nach ndeirim leat gan do ladar a bhualadh beag ná mór ann a bhean! 'Rinne mé fidín ann a dhochtúir' arsa mise. 'Bhí mé barúlach a dhochtúir nach mbeadh mo dhóthain cloch sa seanchlaí le claí dúshlánach a dhéanamh: claí a choinneodh siar beithígh an aibhirseora údan, an bhudóg chéileoige agus an bulán dubh. Le bheith díreach dearfa arsa mise liom féin a dhochtúir, ní mór dom an claí a thomhais ar a fhaid agus ar a airde. Ansin mo chuid cloch a chomhaireamh agus —— ' 'Ní bhaineann an claí ná do chuid cloch beag ná mór le mo ghnóthasa,' adeir sé. 'An gortú.....' 'Inseoidh mé dhuit faoi sin go díreach a dhochtúir,' arsa mise. Ach i mullach an diabhail acu é, breá nach mbeadh duine barainneach má bhuaileann sé faoi scéal a inseacht. 'Cuirfidh mé tine ar an gcloich leathan ar an gcúl ó thuaidh,' arsa mise liom féin. Thomhais mé ar dtús í go bhfeicfinn cé mhéad cloch a dhéanfadh sí go díreach —— ' ''

" 'An gortú a Mháire' adeir an dochtúr ansin liomsa."

"B'éigin don fhear chroí rud eicínt a rá agus do theanga mar bheadh luch ag gearradh cláir aniar lena chluais! 'Scoilt sí go díreach, a dhochtúir,' arsa mise. 'Fuair mé ord ina héadan a dhochtúir. Scoilt mé aríst í. Tiúrfaidh mé óna lúdracha as an talamh í, arsa mise. Ní

raibh a fhios agam go díreach a dhochtúir cé mhéad di a
bhí báite ó tharla nach bhféadfainn é a thomhais. Chuir
mé an gró faoina corr. D'airigh mé ar bogadh í a dhoch-
túir ach ní raibh sí ag teacht liom go díreach. D'fháisc
mé ar an ngró. Tháinig sí liom rud beag: trí horlaigh
déarfainn a dhochtúir ach ní raibh faill agam é a thomh-
ais. Theann mé borradh faoin ngró a dhochtúir. Thug mé
liom é beagáinín eile. Níl mé dearfa cé mhéad go díreach
a dhochtúir. 'Ba mhór an feall nár fhág tú ann i dtigh
diabhail í,' adeir an dochtúr. 'Anois adúirt tú é a dhoch-
túir,' arsa mise. 'Dar ndóigh dhá bhfágainn bheadh liom
ach is éard a rinne mé borradh eile a theannadh faoin
ngró go díreach. Éirím de chothrom talún ansin a dhoch-
túir agus cuirim mo shean-neart ar an ngró! Léirscrios
ghail an fhiabhrais ar an mborradh uachtair. Meas tú nár
chlis sé a dhochtúir! Chlis go díreach agus rug an gró
isteach ansin orm a dhochtúir. Marab é bulán dubh an aibhir-
seora sin thuas a rinne drochshúil dom! Dhá bhfeictheá
an stiúir a bhí air do mo dhearcadh aniar thar an gclaí
fidín a dhochtúir! Ach ba shin é an áit go díreach ar lig
mise mo leas le gaoith a dhochtúir nár fháisc dlí ar an
aibhirseoir é féin. Meas tú dhá leanainn fós féin é faoi
a dhochtúir agus a rá mar seo leis an mbreitheamh gurbh
í budóg chéileoige agus bulán dubh an aibhirseora—
'Taispeáin dom cár rug an gró ort,' adeir an dochtúr.
'Isteach anseo go díreach a dhochtúir' arsa mise. 'Faoin
mboilgeasna seo go díreach glan......' 'Caith dhíot an
léine sin' adeir an dochtúr ———"

   " 'Caith dhíot an léine sin' adeir sé chaith sé dhe í a
Mhicil leag sé an gléas siúd atá aige anuas ar a chliabh-
rach agus chuir lena chluais é 'tarraing anáil mhaith'
adeir sé ——— "

"Óra a Mhaighdean! ——— "

"Sea 'tarraing anáil mhaith' adeir sé ——— "

"An dtóigfeá orm é a Mhicil más fada liom uaim an chréafóg? Cé an bhrí ach 'tarraing anáil mhaith' adeir sé ———"

" 'Deile ——— "

" 'Tarraing anáil dhomhain,' adúirt sé ——— "

"Ó sea i nDomhnach 'tarraing anáil dhomhain' adúirt sé 'deile 'tarraing anáil..... anáil dhomhain' 'deile céard adéarfadh sé cé an chaoi ar chuimhnigh an méaracán táilliúra de chloigeann seo orm ar anáil mhaith mo chuid tubaiste agus mórdhíomua mo bhliana di mar anáil..... anáil mhaith anáil dhomhain 'deile 'abair 99' adeir sé d'athraigh sé timpeall an gléas trí nó ceathair de chuarta agus ——— "

"Thosaigh sé do mo chnagairt le alt láir ——— "

"Thosaigh sé do mo chnagairt le alt láir na méire———"

"Dia dhá réiteach ar maidin agus tráthnóna! Anois nach díol truaighe mé a Mhicil! Éist liom a bhean! Níor thosaigh sé do do chnagairtsa duth ná dath. Ní beag dhuit a thúisce b' fhéidir. Mise a thosaigh sé a chnagairt ——— "

"Tusa a thosaigh sé a chnagairt a Pheadair 'deile thusa thusa a Pheadair 'deile nach bhfuil a fhios agam féin é sin a Pheadair na páirte ná bí ag uallfairt mar sin tá lucht cuart sa gcisteanach agus cloisfidh siad thú a Pheadair déan suaimhneas maith an fear thosaigh sé ag láimhseáil lena chrúib a Mhicil lig Peadar síon 'Hea' adeir an dochtúr 'Isteach anseo i mbéal do dhuilleoige' ——— "

"Ó Dia mór dhá réiteach aríst eile: Ó Dia mór dhá réiteach! Ní fhanfaidh mé nóiméad eile sa leaba seo pé ar bith céard a dhéanfas Dia liom ———— ''

"Ó a Pheadair a Pheadair a mhuirnín ó le hanam
d'athar agus do mháthar a Pheadair ná bí do do shníomh
féin mar sin sa leaba m'impí ort. a Pheadair gan díll-
eachtaí bochta a dhéanamh den dá ghearrchaile bí socair
nó bainfidh tú anuas an ceirín a chuir an dochtúr le do
thaobh ———— ''

"Le mo bhoilgeasnachaí a bhean! Le mo bhoilgeas-
nachaí a chuir sé é go díreach! 'Deile cá gcuirfeadh sé
é ach le mo bhoilgeasnachaí? 'Fan sínte mar sin ar do
thaobh deas'adeir sé 'agus ná bain leis an gceirín sin
nó go dtaga mise aríst athrú amáireach' ———— ''

" 'Agus ná corraigh thú féin ach a laghad ariamh agus
a fhéadfas tú' adeir seisean———— ''

" 'Glac do shuaimhneas,' adeir sé, 'agus ná lig-
tear' ———— ''

" 'Mórán daoine aníos ag breathnú air' ———— ''

" 'Suaimhneas agus socúlacht a fheileas dó' ———— ''

"Dar bualtrach fhial an aonaigh! 'Socúlacht agus
suaimhneas,' adúirt sé. 'Socúlacht agus suaimhneas' ——''

"'Agus socúlacht.... socúlacht agus suaimhneas agus
ná déanadh sé mórán cainte' adeir sé 'go háirid faoin mbud-
óig chéileoige ná faoin mbulán dubh' 'féadfaidh——' ''

" 'Féadfaidh sé a phaidreachaí' ———— ''

" 'A rá leis féin a dhochtúir' adeirimse ———— ''

"Ó a dhonóg! A dhonóg! Ní bheidh aon tsuaimhneas
agam nó go mbeidh mé imithe uait ———— ''

"Ó a Pheadair chroí a Pheadair a mhuirnín ná
habair ———— ''

" 'Féadfaidh sé a phaidreachaí a rá faoin anáil' adúirt
tú leis ————''

" 'Féadfaidh sé a phaidreachaí a rá faoin anáil,' adeir

133

an dochtúr, agus meas tú a Mhicil nár sméid sé orm
anall mar seo go dtí an cúinne seo. Ná cloiseadh sé
muid a Mhicil! 'Eadrainn féin a bhean chóir ní foláir dó
sin' adeir sé. 'Tá sé réidh tá faitíos orm. Is gearr gurb
í an chopóig a bheas thrína chluais.' I nDomhnach sin í
an chaint dhíreach bharrainneach adúirt sé a Mhicil.
Bhreathnaigh sé amach thríd an bhfuinneoig siar ar
Gharraí an Bhóthair. 'Tá an bhudóg chéileoige ag smúr-
acht aniar sa ngarraí abhus' adeir sé. 'Arb shin é anois
an bulán dubh a bhfuil a chliabhrach in aghaidh an chlaí
aige? Dar mo choinsias tá súil an aibhirseora aniar aige
ceart go leor.....' "

"Céard adúirt tú faoin mbulán dubh? Go bhfuil an claí
leagtha aríst aige?"

"Rud ar bith a Pheadair. Rud ar bith. 'Féadfaidh sé a
phaidreachaí a rá..... a rá faoin anáil' adeir sé. Sin é ar
dhúirt sé a Mhicil———"

"Go bhfóire Dia orm, a Mhicil, ná ar aon chréatúr eile
a bhfuil mo chrann air! Tá bláth dubh an bháis faoi mo
bhroinn agus chuile fhocal as a béal dhá leasú! An
gcluin tú anois í? 'Sin é ar dhúirt sé' Céard adúirt sé ag
dul amach an doras sin dó? 'Bíodh misneach agat a
chara,' adúirt sé. 'Tá tú ———' "

" 'Ag gnóthachan' ——— "

"Sin é an focal deiridh adúirt sé ag dul amach an
doras sin dó a Mhicil ach d'aithin mé ar a shúil go raibh
mé réidh."

"Óra a Pheadair a mhuirnín a Pheadair a mhuirnín
tuige a mbeifeá réidh?"

"Tá mé réidh a bhean!"

"Níl tú réidh! Is beag baol ort! Tá Dia láidir! Níl tú
réidh.' '

"Ó muise muise muise! Cé mhéad uair a chaithfeas mé a rá leat a bhean go bhfuil mé réidh? —— "

"Níl tú réidh a Pheadair cé an chaoi a mbeifeá réidh dar ndóigh níor thug pian i mbéal na duilleoige bás d'aon duine ariamh —— "

"I mbéal mo dhuilleoige a bhean! I mbéal mo dhuilleoige! Ó bhó, fágtar mo bhealach! ....."

"Ó ní hea a Pheadair chroí na páirte ní i mbéal do dhuilleoige ní hea cé an chaoi ar chuimhnigh mé chor ar bith ar bhéal do dhuilleoige mo chuid tubaiste agus mór-dhíomua mo bhliana do bhéal —— "

B'éigin domsa fanúint ar leibheann an staighre go liginn tharm isteach chuig an othar an cuairteoir a bhí dhá thíolacan aníos go réidh ciúin ag Nóra.

A ghlór a d'aithin mé sa meathdhorchadas—glór Thomáis Pheaid.....

AN STRAINSÉARA

NÉALL níor chodail Nóra ar feadh na hoíche. Chuala sí
glogar an tsíol fraganna as Garraí an Locháin agus
scréach smólaí a dúisíodh go hantráthach, i dtomacha
Pháirc na Buaile taobh thiar den bhóithrín.

Lig an coileach a chéad ghlao — mar theilgfí smeach-
óid bheag smúrach isteach i nduibheagán mór an tsuain.
Níorbh amhlaidh don dara headra é. Ba é a bhí tuineanta
sotalach. Bhí gob cruaiche ar a gharg-ghairm ag dul
thrína cliabh. Aríst ar feadh na maidne níor bhodhraigh
an smeacháil ina cloigeann ná an fuadach faoina croí.
Bhí mífhonn uirthi éirí nó go raibh sé go maith thar an
ngnáthuair.

An "rapar" a chuir sí uirthi féin. Ba ghlaine é ná a
cóta dearg ciumhais-sceite. Ní raibh aon údar aici an
cóta eile — cóta an Domhnaigh — a chur uirthi lá maith-
easa.

Ba ghnáthach léi a bheith ag imeacht cosnochta nó go
mbíodh an bricfasta thart. Tharraing a bróga uirthi ar
éirí di inniu. Dhúinfeadh ní ba deireannaí sa maidin iad.

Ba ar an gcuma a bhí uirthi agus í cromtha síos le
breith ar an tlú ba léire a deilbh agus a dreach. Bhí a
colainn docht néamharach mar thuailm rótheannta.

Dá ceannaghaidh, ámh, is mó a bhéarfá sontas. B'aghaidh
chnapach míshnuamhar ar nós muirtéil é. Bhí sé mar

136

roinnfí le barr liatháin é ina phainéil — gach painéal
dhe chomh tirim, shílfeá, is go n-éireodh sé ina screamh
faoi bharr d'iongan. Agus ó shamhlódh duine an muirtéal
uair amháin, ba dhóigh dhó na sliogáin ghalbánacha
a cuirtear ann a shamhlú freisin agus é ag féachaint
ar a dhá súil ghloineacha chrua, lena bhfabhraí ganna
silte. Liath a bhí a gruag: liath agus éadrom — ar éad-
roime an dlaíógín deataí sa tine dhíbheo.

Chuimil Nora an ghruag siar as a súile. Lig uaithi an
tlú a raibh sí ag priocadh sa teallach leis. Sheas ala an
chloig ag féachaint fúithi i lár an tí. Bhí na roic i gclár
a héadain dhá sníomh aici mar bheadh cneachaí pian-
mhara:

"Ní chuirim orm é go dtéim ag bleán..... "

An seáilín craobhach — mar thugadh sí air — de stuaic
an drisiúir a dheasaigh sí aniar faoina bráid.

Chrom ar an tlú aríst. Chart amach an choigilt. Chnuas-
aigh na smeachaidí beo in aon chaidhlín amháin. Thug
trí nó ceathair d'fhóide coise as an gcarnán móna le
balla. Bhris agus dheasaigh timpeall ar na smeachaidí
beo iad. Mar leamhan gránna dhá bhreith as a thruaill
shníomh gailín deataigh aníos as an tine úradhainte.....

A thúisce téisclim an bhricfasta déanta shuigh sa
gclúid ag oiliúint na tine a bhí ag cnádadh faoi seo.

Bhí an luaith ina láithreachán ar an teallach thar
oíche amhail sceathrach thriomaithe a d'fhágfadh beith-
íoch mór eicínt ina dhiaidh. Scannán deannaigh ar an
urlár. Scráibeanna de phoiteach bhróg, bachlóga fataí
agus ruainní clumhaigh thríd. Locháinín uisce mar a
raibh na tubáin agus na buicéid thiar leis an doras
dúinte. É sáinnithe ag sop tuí, ag bláthanna *mangolds*
agus ag veist a bhí titithe de phionna sa mballa.....

D'itheadh a bricfasta gach lá roimh an gcisteanach a scuabadh di agus an luaith a chur amach.

Ag féachaint suas di air ón gclúid anois, ba shalachar de chineál nua neamhghnáthach é nach raibh a súile i ndon a fhuilint. Rug ar an scuaib. Scríob go broidiúil roimpi anuas go tine an mhír ramhar den tsalachar, gan dul i ngaobhar a chuid gabháltas aistreánach faoin geófra ná léis an doras iata go dtí tráth eicínt eile.

Thug isteach an tsluasaidín smutaithe gan aon chois ó bhinn an tí. Chaith scaird uisce ar an luaith. Níor cuireadh amach roimhe sin í le dhá lá. Chúig lán na sluaiste dhi a bhí ann: chúig aistir go dtí an carnán ar an tsráid ó thuaidh: aistireacha nár ghá chor ar bith ar a céalacan, adúirt sí léi féin.....

Ar fhilliúint di i ndiaidh an aistir deiridh bhí a fear céile Micil agus an Fear Óg ina suí.

2

Bhí dianghreim ag Micil ar gach aon phluic dá bhróig dhá strachailt air.

"Nach maith gur liomsa a d'éirigh uachta bhréan na seanbhó!" adúirt sé, idir dhá osna.

Ba shin é rosc catha Mhicil gach maidin roimh thús a chur dó ar an tsáriarracht a d'éigníodh an bhróg chúng aníos ar a chois.

Sa gclúideile a bhí an Fear Óg ag féachaint ar an mballa ó thuaidh: ag féachaint ar an sreabh súí amhail brónbhratach a bhí ag déanamh dhá leith den ghileacht anuas go híochtar....

"Má tá aon bhraon *castor oil* agat," arsa seisean, ag iontú anall ar Mhicil dó, "bogfaidh sé iad."

"Chuir mé im orthu," adúirt Micil, "ach ba é an cás

138

céanna é..... "

An scian a bhí sí a chuimilt i mbinn a naprúin thit as
láimh Nóra. D'iontaigh thart gan í a thógáil agus thar-
aing cíléar a raibh taoscán uisce ann amach ón doras
dúinte. Bhí sé ar a leathriasc aici agus an t-uisce cab
ar chab lena bhord nuair a d'éirigh an Fear Óg le breith
as a láimh air.

"Céard a dhéanfas mé leis?"

B'éigin dó an cheist a chur dhá uair le súile Nóra a
bhogadh de bhróga Mhicil, lena teanga a iarannáil amach
ina leithscéal:

"É a leagan amuigh ar an tsráid."

Níor ghá bacadh leis an gcíléar ó thús. Athobair a
bheadh ann dhá thabhairt isteach san áit chéanna. An
Fear Óg ba chiontach.....! Caintiú ar *chastor oil*.....!
Caintiú ar *chastor oil* i dteach nár tháinig aon *chastor
oil* ariamh.....!

"An dteastaíonn aon chúnamh eile uait?" arsa an Fear
Óg, tar éis dó an cíléar a leagan taobh amuigh de ghiall
an dorais.

"Fan i do shuí ansin," adúirt Micil. "Ná déanadh
duine aon cheo go bhfaighe sé a bhricfasta. Sin é an
chaoi a bhfuil mise ar aon chor."

"Tá cleachta maith agamsa ar obair chéalacain," arsa
an Fear Óg. "Ba mhinic a thugainn díol an lae de mhóin
abhaile ó na Rua-Thamhnaigh roimh mo bhricfasta!
Dheamhan mórán maidin ar feadh séasúr na gliomadóir-
eachta a n-itheann muide aon ghreim nó go mbíonn muid
istigh ar ais ó na potaí."

"Díchéille, a mhic ó!" arsa Micil. "Díchéille a thiúr-
fainnse air sin! Ní cheart rud ar bith a dhéanamh ar céal-
acan. Mug maith tae! Sin é an fear oibre! Ní ghabhfainn

139

go dtí giall an dorais ansin amuigh dhá uireasa. An lá a mbíonn sagairt ag éisteacht faoistean ar an mbaile is beag nach dtiteann déidín agam....."

Rop Micil leis. Níor chuala Nóra chor ar bith é. Bhí sí thrína chéile ag caint an Fhir Óig, chomh mór thrína chéile is dá mba carraigreacha nua a bheadh timpeall ar an teach i ndiaidh na hoíche..... Lena chur ar bhróga a d'fhaigheadh mná *castor oil*.....! A dhul chun an phortaigh ar céalacan. Cliabh móna thiar ar chúl do bhoilg ar céalacan..... B'fhearr sin, ámh, ná a dhul go cladach agus curach a chur de bhairéad ar do cheann, dhá thabhairt go béal na toinne..... An churach ansin ag sraonadh léi suas go dtí corc an phota gliomach, mar chiaróig mhóir go dtí cnaipe i bhfilltíní glasghúna. An gliomadóir, i gcónaí, ar céalacan.....

Bhí Nóra coimhthíoch ar an ngliomadóireacht. Níor facthas an cheird sin sa dá bhaile sin ach le cúpla bliain. Gliomadóir as an Tír Thiar a chonaic Nóra dhá dhéanamh ar dtús. Abhus san áit seo a chaitheadh sé an séasúr anois gach samhradh. D'fheiceadh é uaireanta agus í ag 'an gcladach. Ba léar di freisin ó shráid ó dheas an tí é, ag triall ar an gcaladh agus ag iomramh amach le féachaint ar amhantar a chuid potaí. Níor chuimhnigh sí ariamh gurbh fhéidir dó a bheith ina throscadh.....! Ba ghrádha na béasaí a bhí acu sa Tír Thiar.....!

"Tá na portaigh comhgarach díbhse thiar ansiúd," a bhí Micil a rá leis an bhFear Óg.

"Thar mar atá siad aniar anseo is cosúil. Ní mórán le ceathrú míle na Rua-Thamhnaigh uainn. Déarfainn féin gur saoire do dhuine gan cúnamh thart anseo gual a cheannach, má tá na portaigh an fhaid sin ó láthair....."

"Dhá mba ansin amuigh san iothlainn a bheidís ní ghabhfadh muid go dtí iad ar céalacan....."

Ba í Nóra a labhair. Ag cosaint na réidhchúise a bhí sí — réidhchúis a fir agus a baile: dhá gcosaint ar na nósa nua-aosacha, ar an méin ropanta, ar an saol danartha ba dual do rosannaigh agus d'oileánaigh na Tíre Thiar....

3

"Tá do bhricfasta réidh anois," adúirt sí leis an bhFear Óg.

Bhí an stól tarraingithe leis an mbord ag Micil cheana féin.

Maol ar bhilleoig an bhoird a leag sí ubh Mhicil, ach chuir sí ceann an Fhir Óig in uibheagán le hais a chupán tae.

Ba chupán a thug sí dó — cupán agus sásar. Muigín a bhí ag a fear. Dhá mothaíodh sé an tae róthe gheobhfadh sé sásar den drisiúr lena fhuarú air. Chrup Nóra lena muigín féin isteach sa gclúid.

Lean an bheirt fhear dá gcomhrá. Dhá uair a labhair Nóra, gach uair acu le fáithim an chomhrá a choinneáil ó sceitheadh amach ina dhianthost.

Bhí cluas uirthi in imeacht an ama.....

Bhí a theanga aclaí so-ghluaiste mar shnámh éisc. Focla cneasdorcha na Tíre Thiar! "Créalach" a ghlaoigh sé ar an luaith, "sleaic" ar mheirfean, "tonn fhriochóg" ar scrath ghlogair agus chuir sé "aice", "leathrachaí", "aighre" ag scréachaíl ina n-éanacha cuideáin ar fud an teallaigh.....

Aréir roimhe sin tháinig cailín comharsan —Máire Jim— isteach go dtí í le rudaí ón siopa. Rinne an Fear Óg

babhta nathaíochta léi. Thosaigh Máire ag athléamh air,
ag tabhairt "mucaí" ar "muca". An rud céanna a dhéan-
fadh a Nóirínse, a chol ceathar. Chaithfeadh Nóra leidhce
faoin gcluais a thabhairt di lena béal á dhúnadh. Bheadh
sí ag caoineadh ansin. Ach a thúisce amuigh í imeasc
aos óg an bhaile thosódh Nóirín ar an gceird chéanna
aríst. Mar sin a bhí gasúir agus gearrchailiú. B'fhéidir
gurbh iad a ghortú a dhéanfadh an Fear Óg. Ní leidhce
bhog faoin gcluais a thiúrfadh lámh ón Tír Thiar. Cé a
thóigfeadh orthu a bheith ag athléamh ar chaint na Tíre
Thiar.....?

Curachaí agus báid! "Na Rosa" agus "Na hInsí" ar
gach dara siolla.....! Chluineadh Nóra caint ar na háit-
eacha sin gach lá ó bhí sí ina naíonán. Ní mórán le fiche
míle siar a bhíodar ón mbaile fearainn seo aici féin.

Fiche míle go dtí an Tír Thiar. Leathmhíle go dtí
potaí infheicthe an ghliomadóra, i stupóig an chladaigh,
ar aghaidh an tí. Ghiorraíodh na fiche míle ina leath-
mhíle. Shíneadh an leathmhíle ina fhiche míle. Duibh-
eagán dorcha nár chúngaigh an t-iomrá agus nár shoilsigh
an radharc a bhí iontu araon. Ba é an coimhthíos céanna
a bhí aici leo freisin: coimhthíos an mheath-aitheantais.

Ba mhinic a scríobhadh a deirfiúr Bríd — máthair an
Fhir Óig — dhá hiarraidh féin agus Micil ar cuairt.
Ghealladh sí do Bhríd, ach ní bhfaigheadh ina claonta a
geallúint a chomhlíonadh. D'fhág sin nach raibh sí sa
Tír Thiar ina saol. Bhí Micil thiar — uair amháin.....

4

Ba é ar bhain Micil dá uibh féin an fíormhullach. Rinne

chomh muirneach é is dá mba ag filleadh siar na n-éad-
aigh leapan de pháiste, le féachaint an raibh ina chod-
ladh, a bhí sé.

Mheasc an Fear Óg a chuid tae. Rop an spúnóg thrí
bholg na huibhe gur ardaigh a leath ar an gcéad iarr-
aidh. Maide rámha ag scoilteadh toinne.....

Bhí de rún ag Nóra an t-arán a ghearradh inniu, ach
níor chuimhnigh air nó go bhfaca sí Micil ag síneadh
an cháca chuig an bhFear Óg:

"Seo dhuit féin é. Is staidéaraí an dá láimh atá agat,
bail ó Dhia ort, lena ghearradh ná agamsa!"

Ina stiallóga tanaí treasna an cháca a ghearr Micil a
chuid féin. Bhí sé chomh haireach ag cur na scine
thríd is a bhíodh leis an rásúr ar a éadan. Siar díreach
ina bhéal a chuireadh an t-arán, bhogadh de leataobh é,
agus i ngeall ar a fhiacla a bheith fabhtach shílfeadh
duine gur charghas leis aon ghreim dhe a ídiú.

Ach ina chanda choirnéalach isteach go croí an cháca
ba ea a ghearr an Fear Óg é. Chuimhnigh Nóra ar ghob
biorach agus ar dheireadh díreach na curaí.

Chuir sé im ar gach éadan dhe. Ní bhrúdh sé siar ina
chraos chor ar bith é, ach a ardú i bhfogas orlach dhá
bhéal agus an drad a shíneadh lena chur báite ann. Bhí
fiacla geala folláine aige! Mar sin a sciobadh breac an
baoite de dhuán! Ag inseacht do Mhicil agus do Nóra
faoi na héisc oilbhéasacha ar a raibh taithí aige—faoi
theanachair an ghliomaigh, faoi áladh an fhíogaigh agus
an choncair — a chéas an Fear Óg an oíche roimhe
sin.....

Bhí Micil chomh réidh, chomh neamhbhroidiúil, le bó
ag cangailt a círe. Ba í fiacail na foghla a bhí ag an
bhFear Óg. Bhí ampla na heascainne ann, é airdeallach

mar shionnach fáitill agus a shúil chomh haimhreasach
le gadhar a mbeadh daba ina bhéal. Ba é a lón an lón a
tomtar sa sruth fola agus a caitear ar fhód an bháis.....

5

Chuimil Micil a bhéal le binn. a bháinín, agus d'ion-
taigh amach ón mbord.

"Níor fhéad mé," arsa seisean, agus é ag stróiceadh
giob de pháipéar siúcra den fhuinneoig, leis an bpíopa a
dheargadh, "a dhul ag obair ariamh gan gail a chaith-
eamh an chéad uair."

Bhí a dhroim in aghaidh an bhoird aríst, a chosa thar
a chéile agus a ghnúis, thrína phéacáin toite, ina thaos
spadúil ag an suan go fóill.

"Cá' il do phíopa?..... Seo" — agus shín a ghiota
tobac anonn chuig an bhFear Óg.

Tharraing sé seo stuipéad as póca a ascalla.

"Tá fuílleach tobac agam," arsa seisean. "Agus
píopa. Ach ní bhainim flaim ar bith as nó go n-ársaíonn
an mhaidin. Tá mo ghoile goirt —— "

"Sáile," arsa Nóra léi féin.

"Agus tá tobac ródhomlasta le bualadh síos os cionn
beatha. San airneán seo caite ní chuirinn blas an
phíopa ar mo bhéal nó go dtéinn ar cuairt san oíche."

"Nach haoibhinn duit!" adúirt Micil. "Sé mo shean-
dícheallsa troisceadh an lá a mbíonn faoistean ar an
mbaile....."

Ba ag Nóra a bhí a fhios sin. Oíche ar bith a mbeadh
sé gan píopa tobac in oirchill na maidne, ba chorrach é
a shuan agus ní éireodh lá arna mháireach nó go mbíodh
sise sa mbaile ón siopa.

144

An Strainséara

D'fheiceadh sí a hathair ag dul amach, de mhaol a
mhainge, ar an mbóithrín roimh an gcomharsa, agus a
phíopa ina ghlaic aige. D'fheiceadh sí a deartháracha.....
Ní raibh aon duine dhá muintir féin, ná de mhuintir a fir,
a throiscfeadh nó "go n-ársaíodh an mhaidin".....
D'fhairsingigh a súile gloineacha ag scrúdú an Fhir
Óig.

6

Deireannach tráthnóna aréir a shroich sé an teach.
Bhí rudaí beaga le déanamh ag Nóra. Ansin tháinig Máire
Jim. Istigh i gclúid Nóra a shuigh an Fear Óg agus ní
fhéadfadh sí é a dhearcadh as an gclúid eile gan a ceann
a chlaonadh.

Bhí sé sa teach cheana, uair nó dhó, ar cuairt. Ba
bheag moill a rinne sé ceachtar de na cuarta sin. Cé an
mhoill a dhéanfadh a mhacsamhail ina comhluadar féin
agus Mhicil? Ní raibh sa mbia a réitigh sí dó, ná ina
comhrá leis ar na hócáidí sin, ach mar d'fhéachfadh sí go
fánach ón doras, in imeacht nóiméide, ar bhád seoil ag
dul thart an cuan. Inniu an chéad uair di ag tabhairt a
cheannaghaidh agus a chomhrá chun cruinnis.....

Dreach úr óg. Adhartáin ramharfhola ina ghruanna.
Mailí dubha garbhrónácha. Leathar rosach buí: gné craic-
inn a athar..... ach an bhoirric a bhí i lagán a leicinn!

An bhoirric bhuí roighin sin! An bhoirric ar fad!

Ní raibh boirric i Micil ná in aon duine dhá mhuintir.
Ní raibh sí inti féin, ina hathair ná ina máthair, in aon
deirfiúr ná deartháir léi. Go cinnte ní raibh sí i mBríd—
i máthair an Fhir Óig seo. Cá bhfaigheadh sí a leith-
éid.....?

Ach bhí an bhoirric bhuí cheanna san áit cheanann chéanna in athair an Fhir Óig —— i bhfear Bhríde.....

7

Chonaic Micil an Fear Óg ag féachaint ar an mballa san áit a raibh an súí.

"Níl aon rath i do thuíodóir ort?" adúirt sé. "Tá braon báisteach anuas orainn."

"Dheamhan a bhfuil daorbhasctha dhom," arsa an Fear Óg.

"Tá mé ag breathnú agus ag freastal ar thuíodóirí ó rugadh mé, ach dheamhan ar thóig mé le aon tuí a chur ina dhiaidh sin. Scriosfadh tuíodóirí thú ar an saol seo."

"Scriosfadh."

"Scriosfadh muis. Naoi scilleacha sa ló. Bhí píosa le cur ar an taobh ó dheas ansin anuraidh agam agus fuair mé Droighneánach na Tamhnaí thuas. Chaith sé dhá lá agam. Ó diabhal thiomanta a dhath ach trí stráca sa ló! Cuireann sé an-phointeáilte í, ach má chuireann féin...."

"Má tá tuí agat," adúirt an Fear Óg, "ní cailm ar bith ormsa an oiread a chur duit agus a chalcfas an braon anuas....."

"Go lige Dia do shláinte dhuit! Togha fir a bheadh i ndon a cur, dar ndóigh."

"Tá chuile dhuine sa teach se'againne ina thuíodóir."

"Is diabhlaí an rud é sin féin. Ní raibh ceo ar bith ach go gcuirfeadh an mhuintir se'againne díon ar chruach choirce. Suas go cíor an tí ní ghabhfainn, dá gcloisinn ceolta na bhFlaitheas thuas ann, go maithe Dia dhom é! Bhuailfeadh ré roilleagán sa gceann mé....."

"Ghabhfainn go barr crann loinge gan aon chlóic."

146

"Féach sin anois! Ní hionann tréithre do chuile dhuine. Diabhal a bhfaca mé aon duine de mhuintir Nóra anseo thuas ar theach ariamh, ach oiread."

"Sin é a chuala mé ag mo mháthair. Is minic m'athair ag rá gurb éard adeireadh a athair-seisean — Réamonn Mór — gurb é féin an chéad duine dhá chine nach i mbád a rugadh. 'Ar theach a rugadh mise,' adeireadh sé. 'Ar theach agus máiléad i mo láimh.' "

Sciúr Nóra soithigh an bhleáin le uisce as an bhfiuch-adh.....

8

Shrathraigh Micil an t-asal.

"Cuirfidh mé cúig nó sé d'ualaigh aoiligh soir as láimh, ar an ngarraí sin thoir," arsa seisean. "Ní mé cá'il an dorú talún a bhí anseo, a Nóra? Ní foláir na boirdíní feamainne duibhe siúd a scaradh."

"Scarfaidh mise í," adúirt an Fear Óg.

"Go deimhin féin ní scarfaidh! Sách luath, a mhic ó, a bheas ort a dhul in adhastar an anró. Ar aon chor ní bheadh aineolaí i ndon iomrachaí a tharraingt amach ar an gcúl thoir. Tá mé féin dhá shaothrú le os cionn leath-chéad bliain agus diabhal mé go dtéann áit na hiomaire agus na claise amú orm, ina dhiaidh sin....."

Bhí móiréis i nglór Mhicil: móiréis go raibh tomhais aige a chinnfeadh ar an bhFear Óg a fhuascailt.

"Dar ndóigh, buailfidh mé faoi. Féadfaidh tú mé a chur ar an eolas. Céard tá orm ach an fheamainn a scaradh ina hiomrachaí?"

"Á, níl sé chomh réidh sin ag aineolaí sa ngarraí seo thoir. Tá go leor leachtaí ann agus ní foláir lorga chuile iomaire a bheith díreach glan san áit a mbíodh i gcónaí.

147

Is fearr na híochtair a shocrú, agus caithfidh mé crúbáin a dhéanamh ag claise an tsrutha....."

"Crúbáin?"

"Nach shin é anois é!" arsa Micil, go cathréimeach. "Ní hé an té a rinne an bád a rinne an teach. Tá an ghliomadóireacht agatsa ach is é mo chompás-sa is fearr i nGarraí an Tí....."

9

"Bail Dé ort!" arsa an Fear Óg, ag lúbadh a chinn isteach sa gcró a raibh Nóra ag bleán na mbeithíoch ann. "Chuir Micil uaidh mé," arsa seisean, go gealgháireach.

"Chuir sé uaidh thú!" adúirt sí, faoi iontas. Scaoil a seáilín agus chuaigh a chorr síos sa gcanna.

"Ní ligfeadh sé in aice cúl thoir an gharraí mé dhá mbeadh sé gan Earrach ar bith a dhéanamh i mbliana!"

Lig sé scairt gháire. Cheangail sise an seáilín arís.

"Ó, sin é Micil i gcónaí," adúirt sí. Díomuach a bhí a glór arís, ach ba chaoine é ná tráth an bhricfasta. Bhí sult an Fhir Óig i ndiaidh cuid den ghéireadas a shnoíochan as.

"Bheadh Micil chomh coilgneach le heascann áil dhá ndrannadh aon duine eile leis an gcúl sin!"

Chuir a caint deiridh féin sua beag gáire isteach agus amach i roic a gnúise. Thug súil suas air le feiceáil an aithneodh sé gurbh ag déanamh aithrise a bhí sí ar iasc-chomhrá na hoíche aréir.

"B'fhéidir go bhféadfainn cúnamh eicínt a thabhairt duitse anseo," adúirt an Fear Óg.

"Cé an cúnamh a d'fhéadfá a thabhairt dom?"

"Cúnamh beag ar bith, ó tá mé i mo chónaí. An bhfuil

an bhó seo ar a sochar, bail ó Dhia uirthi?''

"An bhó bhuí..... Tá. Dhá mhí ó shoin a rug sí."

"Níor bhligh tú fós í?..... An bhfuil aon tsoitheach eile agat?''

"Ag braith ar a dhul dhá bleán atá tú! Ní thájlfeadh sí do dhuine ar bith ach dom féin. Tá tú i ndon beithígh a bhleán?''

"Táim, i nDomhnach," adúirt an Fear Óg, go réidh-chúiseach, gan an géireadas a bhí aríst ina glór a thabh-airt faoi deara.

"Ní le do mháthair a chuaigh tú mar sin! Cuimhním fadó, nuair a bhí muid inár ngearrchailiú ar an mbaile seo taobh thoir, nach mbíodh fonn bleáin ar bith ar Bhríd, céad slán di!''

"Bíonn m'athair ag fonóid fúithi agus ag rá go gcaith-feadh sé gur beithígh sheasca uilig atá anseo. Is fearr é féin ná bean ar bith ag bleán."

"Ba bheag an lua a bheadh ag an gceann atá anseo cromadh faoi aon bhó muis! Ní iarrfadh Micil ach ag réab-adh talúna. Ba doicheallach an smut a chuirfeadh sé air féin leis an té a dhéanfadh bleán a shamhlú leis! Bhí m'athair féin – go ndéana Dia trócaire air! – amhlaidh. Agus mo thriúr dearthár....."

10

Ar theacht ar ais do Nóra ó sheoladh na mbeithíoch bhí dhá láí nua ag an mbeirt fhear i lár an tí.

"Ró-éadrom," a bhí Micil a rá le láí an Fhir Óig.

Bhí greim docht aige ar a feac idir a dhá láimh, ag deargadh an aeir go heolgach léi. Bhí an t-adhmad geal mínshnoite gan loinnir ar bith ina shnáth díreach. Ba roighne é, i gcosúlacht, ná an chruach ghlan fháilí a bhí dhá líochán ag an gcaolteanga íseal gréine thríd an doras.

"Ró-éadrom, cheapfainnse. Dhéanfadh sí cúis sa talamh atá siar agaibhse, ach ní foláir an meáchan anseo. Clocha agus talamh trom, a mhic ó..... Beannacht Dé dhuit! Ní bheidh leath a díol láin inti sa gcréafóig sprosach atá i nGarraí an Tí, anseo thoir!..... Tá an iomarca slise ar an bhfeac thíos ansin. Breathnaigh thú féin anois air! Cé a chuir isteach dhuit í?"

"Mé féin. An oíche sul ar tháinig mé aniar. B'fhusa í a iompar leis an bhfeac a bheith inti."

"Is diabhlaí deaslámhach tú, bail ó Dhia ort! Chuirfinn féin feac i láí freisin, ach is pruisleach uaim. B'fhearr liom a fhágáil faoi Taimín, anseo thíos..... Anois, b'fhéidir! Siúil uait! Chugat, a gharraí!....."

Chuaigh an bheirt amach, cléibhín síolta ar a ghualainn ag Micil agus a láí ina láimh eile.

Leag an Fear Óg a láí féin amuigh le claí, thug dhá nascán rothaíochta a bhí i nglas ina chéile aníos as a phóca, agus dheasaigh isteach íochtair a bhríste le nascán a chur ar gach aon chois. Chroch sé an láí ar a ghualainn ansin agus lean Micil.....

Choinnigh Nóra, ó ghiall istigh an dorais, súil seachantach ina dhiaidh ag dul amach an mhaolbhearna den tsráid dó agus soir Garraí an Tí.....

Chuir an rud a rinne sé mearú beag ar a súil. Dhá nascán a chur ina bhríste ag dul ag cur fhataí dó. Nascáin mar bhíodh ar an bpóilí ag cuartú gadhar!.....

Ba shin rud nach ndéanfadh aon duine thart anseo. Ní bhíodh seiríní le feiceáil ach ar lucht an tsléibhe agus, dar ndóigh, chaithfidís sin a gcosa a strachailt thrí na cíocraí.

Ba mhinic striochlán d' íochtar a bhríste dhá tharr-aingt i ndiaidh a choise ag Micil. Ach é a stialladh dhe a dhéanfadh ní ba thúisce ná a nascfadh sé é, mar a rinne an Fear Óg. B' fhéidir go gcuirfeadh sé faoi deara do Mhicil péire acu a fháil anois le haghaidh a bhríste féin!.....

11

Ba ansin a chuimhnigh sí nach ndearna sí aon urnaí mhaidne fós.

An bricfasta a chuir as a cuimhne é.

Dheasaigh an chathaoir anonn leis an mbord agus chuaigh ar a glúine, i bhfianaise an phictiúir a bhí crochta ar ghiall na fuinneoige, ar dheisiúr na gréine. I scálán misiúin, na blianta ó shoin, a cheannaigh sí é.

B'urnaíoch dúthrachtach í Nóra. Níor mhinic anois an seanstadam dhá bualadh: stadam na mblian úd arbh é iomlán a hurnaí an Paidrín Páirteach a fhreagairt do Mhicil san oíche. Aon tráth a mbuaileadh, sparradh sí a súile ar an bpictiúr:

An chrois sceirdiúil ar ghualainn an chnoic. Ná súile tlátha. An ceann caoin a raibh an bogha lóchrannda air agus é ar leathmhaing. Na práibeannaí fola ar áit na dtairní. An bhean a raibh an fhallaing luchtmhar uirthi ag bun an chrainn, ag féachaint suas ar a Mac agus fear an éadain riastraithe ag oscailt a Thaoibh leis an tsleigh.....

An chéad am a bhféachadh sí ar an bpictiúr éad agus aicís a bhuaileadh í: éad agus aicís leis an mbean a raibh a Mac ansin os a coinne, más dhÁ chéasadh féin a bhíothas.....,

Bhláthaigh na cuibhrinn chlochacha sin dá hintinn tar
éis tamaill.....

Ba shin í Muire Mhór. Bhí falach imní agus anshó faoi
chiumhais scuabach a braite. Bhí leigheas gach dóláis
sna súile tlátha, sa gceannaghaidh caoin agus sa mbogha
lóchrannda. Ba íocshláinte gach péine an fhíonfhuil a bhí
ar na tairní agus ar an tsleigh. Chuiridís dúthracht bhog
na hurnaí ina croí spalptha agus ina súile sioctha gach
tráth.

Ach inniu, ar fhéachaint suas ar an bpictiúr di, níor
chruinnigh aon deor faoina súil. Ba é ar léar di adhartáin
ramharfhola, mailí garbhrónacha, leathar rosach agus
boirric..... Boírric ar an bhfallaing; boirric ar rinn na
sleighe; ar áit na dtairní; ar an gceann caoin; ar mhala
an chnoic; ar sciatháin na n-aingeal i bhfroighibh na
spéire.....

"Sé do bheatha a Mhuire, atá lán de ghrásta. Tá an
Tiarna leat. Is beannaithe thú thar na mná....."

Sheadaigh Nóra an urnaí nóiméad eile. Ach níor ghar é.
Cloch ní raibh ar a paidrín nach ina boirric a bhí.....

12

Chuaigh sí soir sa ngarraí.

Bhí an bheirt fhear ag obair leo: Micil ag rianú na
n-iomrachaí, ag leagan an dorú, ag socrú na talún leis an
láí, agus an Fear Óg ag scaradh na n-ualaigh feamainne
duibhe a bhí giota ó chéile ar fud an chúil.

"Ní mheathfaidís iad féin siar againne ag baint fáisín
carrach den chineál sin," arsa an Fear Óg, ag slamadh
dosán den fheamainn dó agus dhá chaitheamh anuas

buille mífhoigheach leis an dorú.

Dhírigh é féin agus thug aghaidh ó dheas ar an gcuan a bhí i bhfogas leathmhíle do láthair. D'fhéad na moláin aonraice, faoina ndlúthdhíon dorcha feamainne, a fheiceáil ag muscailt aníos as pluid shilteach na taoille trá. D'ainneoin an rabharta a bheith ag cúlú le cúpla lá ba léar, i bhfad amach, crága den chladach ag nochtadh — crága borba míchumtha amhail ginte a bheadh an talamh eascairdiúil a bhreith.

"Shílfeá gur chóir go mbeadh feamainn bhuacach ar an gcladach sin thíos."

"Tá freisin," arsa Micil, ag breathnú taobh an chladaigh é féin. "Tá coill choirrlí amuigh ansin ar an gCarraig Bhuí, ach cé an mhaith sin nuair nach féidir a dhul ann de do chois."

"Cé an mhaith sin!"

"Thiocfá ar an Scotach ansin thiar ar anrabharta, ach í a ligean le sruth agus gaoith a chaithfeá a dhéanamh. Tá sé ró-aistreánach ag capall ná asal go dtí í. Feamainn pháirteach í. Dá mbeadh fear den bhaile sásta a dhul dhá baint bheadh beirt nach mbeadh. Níor baineadh aon dosán dhi anois le fiche bliain."

"Le fiche bliain!"

"Le fiche bliain muis. Níl an dream atá ann anois chomh fíriúil leis na seandaoine."

"Is suarach an t-ionadh sibh a bheith gan leasú!"

"An roinn fheamainne duibhe is fearr ar an gcladach istigh is agamsa atá sí. Sin cuid di. Fás dhá bhliain. Níl aon fheamainn ar an gcladach anois mar bhíodh."

"Nár dhúirt tú go raibh coill choirrlí ——— "

"Feamainn dubh, adeirim. Tá sí sceite ar fad. Smál eicínt....."

153

"Is diachta di nach sceithfeadh, más ag síorfheannadh na gcúpla cloch céanna a bhíos sibh! Nach mairg gan curach agam! Chuirfinn cruiteanna coirrlí uirthi! Cé an bhrí ach an speireadh a d'fhéadfadh duine a dhéanamh ar ghliomaigh!"

"Is dona na gnaithí a bheadh ort."

"Is iad an nead iad is fiú a choilleadh, a mhic ó, agus iad ag dul ceathair fichead an doiséine!"

"Thóig mise gliomachín in áfach an lá faoi dheireadh agus mé ag baint na feamainne seo. M'anam gurb é a ithe a rinne mé féin agus Nóra."

"Dhá mbeadh an churach agamsa níl aon lá ar feadh an tséasúir nach n-íosfadh sibh gliomach. Agus mangaigh, ronnaigh, troisc agus iasc mór sa ngeimhreadh..... Nach diabhlaí, áit atá i smaois na farraige mar seo, gan curach ar bith ann!....."

Bhí meanga socúil i súil Mhicil, amhail is dá mba scéal greannmhar eicínt a bheadh dhá inseacht ag an bhFear Óg.

"I nDomhnach muis, níl curach ná bád ar na cheithre bhaile seo."

"Fan go bhfeice mé..... Tá cúig..... sé..... hocht..... naoi gcinn ar an mbaile se'againne thiar."

Shnámh naoi scáile dhorcha isteach go dtí an cúinne d'intinn Mhicil ina raibh madraí oilbhéasacha, easóga, tairbh agus saighdiúir.....

"Diabhal mo chois chlí ná dheas a chuir mé i gcurach ná i mbád ariamh," arsa seisean. "D'ordaigh Dia an anachain a sheachaint."

"Nach bhfuil Dia ar an uisce chomh maith is atá Sé ar an talamh!"

"Tá mé ag breathnú ansin amuigh ar an bhfarraige sin

le os cionn trí fichead bliain agus deirim leat, a dhear-
tháir, gur bainríon fhiáin í! Mar bheadh gearrchaile
socair ann in imeacht leathuaire! Ina cailleach chaoch
aríst ar an toirt! Cantal eicínt! Cantal mná....."

"Cé an dochar? Má bhíonn duine déanta uirthi ——"

"Ní dochar do dhuine é féin a bháitheadh, b'fhéid-
ir!..... "

"Má tá an t-imeacht ort imeoidh tú ar tír freisin. Is
mó imíos ar tír ná ar toinn....."

"Beannacht Dé dhuit! Nár báitheadh a raibh siar
agaibhse ariamh! Lig do na curachaí, tá mise ag rá
leat....."

"B'fhearr liom ar an seas tosaigh inti ná an mótar is
breátha dhar déanadh ariamh a bheith faoin gceathrú
agam. Na leabharachaí a chloisteáil ag pléascadh faoi
na fonsaí, le neart iomramha! An tslat bhoird a bheith
cab ar chab leis an uisce! Do ghraidhp a bheith ag
brúscadh na farraige agus an mhaidhm do do thuairteáil
le fánaidh, mar hata i mbéal gaoithe móire! A dhear-
tháir m'anama thú! Amach anseo....."

"Ní sheo áit ar bith dhuit a bheith ag caint ar churach-
aí," adúirt Nóra. "Ní raibh Micil se'againne in aon
churach ariamh. Ná mise. Ná m'athair....."

13

"Hó! Foighid!" adúirt Micil leis an bhFear Óg.
"Crúbáin a chaithfeas a dhul ansin."

"Níor chuala mé aon chaint ar na crúbáin thiar againn
féin ariamh....."

"'Dar ndóigh, níor chuala!..... Spagáin bhréana
d'fhataí muis a bheadh ar an lag fliuch sin, dhá bhfuir-

easa. Foighid anois! Ligfidh muid anuas go híochtar as taobh na hiomaire sin iad..... Mar seo....."

Rianaigh Micil síos suas dó, lena chois agus le cipín an dorú, cé an chumraíocht a bheadh ar na crúbáin.

"Ó sea, chonaic mé aniar i ngarrantaí chois an bhóthair iad. Iomairíní beaga mar fhiacla i raca....."

- "Sin é an fáth ar iarr mé ar maidin ort gan a dhul ag tarraingt amach na n-iomrachaí," adúirt Micil go sásta. "An chéad uair eile a mbeidh an garraí seo dhá chur cuimhneoidh tú féin go gcaithfidh crúbáin a dhul anseo. Ní móide go mbeinnse sa gcomhaireamh ceann an uair sin. Ach beidh a fhios agat féin cé an chaoi lena ndéanamh, má fhaireann tú mise....."

"An faoi uisce a bheith ag cónú ann atá tú ag déanamh na gcrúbáin seo?"

"Sea, cad eile?" arsa Micil, agus d'fhéach go truaíoch ar an bhFear Óg seo. "Tá broinn mhór uisce anuas ar chlaise srutha an gharraí seo: uisce an bhaile se'againn féin agus riar d'uisce Bhaile an tSrutháin seo thoir freisin. Sceitheann sí sa ngeimhreadh."

"An bhfuil a fhios agat céard a dhéanfainnse leis....?"

Chuir an cheist sméidíl anshocair faoi shúile Mhicil.

"Líméir a dhéanamh."

"Líméir?"

"Sea. Nuair a gheobhainn an garraí bán."

"Beannacht Dé dhuit! Dhéanfadh na beithígh cis ar easair de do chuid líméar!"

"Leacracha a chur leo."

"Chuirfeása leacracha leo!" Bhí scornach Mhicil ag snagadh le hiontas. "Ag diomallú talúna a bheifeá. Talamh mhaith freisin....."

"Ní dhiomallóinn ná fód. Scrathachaí a stuáil ina mullach aríst. Thiúrfadh Fear na bhFataí *grant* duit as a ucht. Fuair muid féin sa mbaile chúig phunt dhéag anuraidh."

"A chonách sin oraibh muis! Tugann Fear Fataí na háite seo riar uaidh freisin don mhuintir sin siar. Ach diabhal a mbacann na bailteachaí seo anseo le rudaí den tsórt sin. Ag strachailleacht linn a bhíos muide mar a bhíomar ariamh..... Hó! Foighid anois! Loic do láimh ansin, nó go gcuire mé an dorú leis an mbord....."

Bhí os cionn slaite de leiceann na hiomaire frámáilte le caolchéibh fheamainne ag an bhFear Óg, gan an dorú a leagan léi chor ar bith.....

"An gcuireann tú dorú le chuile iomaire?"

"I nDomhnach, cuirim."

"Féach a mbeadh d'fheamainn scartha agat, chomh uain is bhíos tú ag cur síos agus ag athrú an dorú sin! Ní dhéanfadh duine aonraic ach ag siúl ó bhall go posta chuile mhionóid.....!"

"Agus céard a dhéanfása?"

Níorbh iontas anois le Micil an Fear Óg ag rá go ligfeadh sé curach ar snámh i gclaise an tsrutha, go gcuirfeadh díon ar na hiomrachaí fataí, nó go ngabhfadh ag gliomadóireacht sna leachtaí cloch.....

"An fheamainn a scaradh gan dorú ar bith. Cad eile? Is dírí a thiúrfainnse iomaire ná aon dorú. Bhí mé scathamh sna saighdiúir....."

"Le hanam do mharbh, an raibh tú sna saighdiúir?" adúirt Micil.

Chuaigh dhá choiscéim i ndiaidh a chúil agus lig an dorú as a láimh.

"Shíl mé go raibh a fhios agat é. An bhfeiceann

157

tú.....? Cocáil do shúil mar bheifeá ag dul ag caitheamh urchair.''

''Ag caitheamh urchair,'' arsa Micil as a scornach shloigthe.

''Barr do láimhe a dhíriú uait ón tsúil go dtí claise an tsrutha. Leag do shúil ar mharc eile leath bealaigh síos..... An bord a thabhairt amach ar an gclochín biorach siúd thíos..... Seo! Déan thú féin anois é.....! Seas anseo.....''

''Uair eicínt eile,'' adúirt Micil, ag druidim uaidh i leith Nóra a raibh a droim leo, agus í ag scaradh giota ó dheas uathu ar an íochtar. ''Fan go mbeidh Taimín ann agus Jim seo thiar.....''

Shiúil Micil síos suas le claise an tsrutha ag cornú agus ag sceitheadh an dorú dó.

''An dáiríre atá tú? Ní chuirfeása aon dorú leo?''

''Diabhal dorú a bhíos siar againne leath na gcuarta.''

''Siar agaibhse.....!''

Ba dona a cheil crústa gáireata a ghlóir laíon tarcaisneach na cainte ag Micil:

''Maidir libhse ru! Nár chuala mise fear aniar ag rá anseo uair go bhfuil an tír chomh feannta rite is gurb é an chaoi a sáitheann sibh na síolta i múirín móna istigh i seanbháid.....!''

''B'fhéidir nach gcreidfeá gur dhíol an mhuintir se'againne tonna go leith fataí anuraidh.....''

''Marach gur tú féin adeir liom é, dheamhan creidiúint. Nuair a bhí sé seo curtha go deireannach — sé bliana go ham seo — bhí hocht ——— ''

''Chuirfinn mo rogha geall leat nár dhíol tusa tonna go leith as an ngarraí seo ariamh.''

''Beannacht Dé dhuit! An-gharraí é seo. Togha geadán

talúna uilig atá agam. Féach an chréafóg dhúramháin sin!
Nuair a bhí mise i d'aois-sa, bail ó Dhia agus ó Mhuire
ort, b'aite le mo shúil í ná *lady* dhá bhreátha.....!"

"Ara nach bhfuil an talamh seo chomh spíonta le
cíocha caillí, dhá chur ó hitheadh úll na haithne! Ar lag-
phortach a saothraíodh a bhí na fataí sin againne.
Dheamhan sprae a chuaigh ariamh orthu! Bhí mé féin ag
déanamh téarma spa saighdiúir. Ag iascach agus le
gliomaigh a bhí Colm agus an seanbhuachaill....:."

"Sin é é. Leathchois ar muir agus leathchois ar tír a
fhágas duine gan salann gan mil ina bhéal. Is furasta
leis an talamh a dhul i léig, mara bhfaighe sé an chóir
is dual dó. Níl aon lá sa mbliain nach bhfuil saint láimhe
ar bith d'obair ar an ngabháltas seo agamsa."

"Is cosúil é!"

Smaoiniú ar éisc a rinne Micil, ag féachaint dó ar an
ngáire mór fairsing a leath aniar ar bhruacha béil an Fhir
Óig......

"Cuirfidh mé mo rogha geall leat, a Mhicil, go mbeidh
an oiread céanna de bharr an gharraí agat ar mo chaoi-sa.
Déarfadh m'athair i gcónaí go mbíonn arbhar díreach ar
an ngrua cham."

"Is mór an lán buinneachántacht chainte adeirtear, is
mór sin," arsa Micil, ar dhearg ball beag feirge ina
ghrua, go ceann nóiméad an chloig.

"Níl sa dorú ach ag cur slaicht air, mar dhóigh dhe, i
súile na gcomharsan. An barr an buachaill! Bíodh duine
ag déanamh iomrachaí nó go gcuirfidh sé an garraí thar
maoil leo! Sin é a déarfainnse....."

Níor bhog gothadh bodhar balbh Mhicil.

"Fuirigh leat anois go bhfeice tú chomh díreach agus
a thiocfas an iomaire seo amach gan dorú ná eile."

D'áitigh an Fear Óg in athuair ag cumadh an bhoird go dícheallach.

"As ucht Dé!" adúirt Micil, tar éis dó a bheith meandar ag féachaint air. "Nach shin í chomh cam í.....chomh cam le slat boird curaí!"

Bháigh cipín an dorú sa talamh ag claise an tsrutha. Ag luascadh agus ag tarraingt an dorú ina láimh dó, dheifrigh leis an gcipín eile a sháitheadh ag mullach na hiomaire. Shílfeadh duine gurbh é an preabán talúna a bhí ar tí teitheadh chun siúil agus gur le hadhastar a chur air a dheifrigh sé suas. Chuaigh an dorú i bhfastó i gclocha, i gcléibhín na síolta, i gcosa an mhadaidh agus i nascáin an Fhir Óig.....

"B'fhéidir gurb agatsa atá an ceart. B'fhéidir i nDomhnach..... Níl a fhios agam. Mar seo a rinne mise le leathchéad bliain é," arsa seisean, ag filleadh dó ar ais leis an dorú a réiteach agus a ríochan. "Mar seo a chonaic mé chuile dhuine ar na bailte dhá dhéanamh. Mar seo a níodh m'athair é. Agus mo sheanathair....."

"Chuireadh an mhuintir se'againne freisin dorú leo i gcónaí....."

Bhí béal Nóra chomh hamh le gáig idir an bheirt fhear.

14

Scaradar stiall mór den chúl faoin bhfeamainn. Chuadar ag scaradh an aoiligh ansin agus lig siad Nóra i mbun na sceallán.

"Déanfaidh dathín beag é," adúirt Micil leis an bhFear Óg. "Tá craiceann air agus é seanleasaithe..... Ná fág ina dhabaí mar sin é. Chuirfeá ag brúchtáil le leasú é."

Bhí cheithre iomaire faoi aoileach acu chomh uain is a

bhí Nóra ag scaradh péire faoi shíolta.

Lig Micil é féin isteach ar leachta cloch agus fuair a phíopa. Ag teacht dó ó íochtar iomaire chuir an Fear Óg tosach a bhróige faoi chruinneoig chloiche agus thiomáin roimhe í aníos le talamh. Rug i gcúl a chiotóige ansin uirthi agus chuir de sheanurchar os cionn a ghualann í, anonn sa gclochar le claí.

As a dheasóig a chaitheadh Micil cloch le caora: as a dheasóig, ina cúrsa támhleisciúil ar feadh an aeir agus iomrallach i gcónaí. Níor mhór do Mhicil dorú le rud a bhualadh, a cheap Nóra. Ghreamaigh an chloch —— mar bheadh sí ag fás inti —— i nglaic an Fhir Óig. Bláth fola ba dual do ghéaga na Tíre Thiar.....

D'fheistigh an Fear Óg é féin le taobh Mhicil in éadan an leachta. Ba ansin a tharraing sé a phíopa —— píopa ceannmhór a raibh fáinne airgid ar a lorga —— aníos as a phóca.

Bhí a scian an-mhór freisin, fáinne buí ag bun a coise agus bior inti ab éigin dó a chrochadh, sul ar tháinig an lann leis.

Ghearr sé cion píopa den tobac d'aon scor agus spíon go broidiúil é lena ingne láidre. Choinnigh a ladhar fáiscthe anuas ar cheann an phíopa ina bhéal, amhail dá mba léar dó féin rud eicínt a bheadh ar tí é a sciobadh uaidh.

"An ghreim a gheobhas an chrúib sin ní go bog a scarfas sí léi," adúirt Nóra, agus í ag breathnú i ndiaidh a leicinn air.

Má bhí airde sa bhfear eile thar Mhicil, ba de bharr droim agus ceann Mhicil a bheith cúbtha anuas faoin leachta é. Níor dhoiligh di gaileanna a fir féin a aithint: puthanna beaga liosta ag dualadh amach le talamh agus a g inn ag déanamh coirníní in aghaidh gann-anáil an lae. Brúchtanna tiubha a b! lá stolladh ag an bhfear eile as a phíopa ceannmhó Vídís crága duánacha anuas ar dheatach Mhicil, dhá strachailt chucu suas sa. aer.....

Bhí tost cainte tar éis luí ar an mbeirt fhear.....

Chuimhnigh Nóra go tobann gur tús tuisceana é.....

Éadromán mór toite a bhí timpeall an leachta, ach bhí aer agus cré an Earraigh taobh amuigh chomh cumhra, chomh híon, le soitheach túise.....

Réiteach faoi láthair, b'fhéidir.....

Ach phléascfadh an t-éadromán luath nó mall.....

15

"Ciotach atá tusa, bail ó Dhia ort!" adúirt Micil leis an bhFear Óg, agus chuaigh anonn gur leag a bháinín ar chiumhais an chlochair. "Deiseal atá mise. Deiseal a bhí chuile dhuine ariamh againn."

"Deiseal. Cad eile?" adúirt Nóra go híseal, mar bheadh sí ag caint léi féin.

"Lagfadh an seanbhuachaill se'againne thú ag cur síos ar an uair a mb'éigin dó láí dheiseal a cheannach do mo mháthair....."

Strachail dhe a chóta glas caorach agus theilg uaidh de thuairt anonn chun an chlochair é. Leis an díocas a bhí air ag dul i gcionn na láí níor thug faoi deara gur chaith sé anuas an báinín den chlochar. Ba í Nóra amháin a chonaic an giob beag dá mhainchille ag síneadh amach ó íochtar an chóta ag bun an chlochair.....

"Nuair nach mbíonn beirt ar aon deis anseo," adúirt Micil, "osclaíonn gach aon duine a chlaise féin."

"Nuair a bhí mé féin agus an seanbhuachaill anuraidh ag cur na bhfataí sin adúirt mé leat, is é an chaoi a raibh chaon duine againn ag cur leath na claise isteach....."

"Bíonn éascaíocht mhór ar an gcaoi sin ag an té a bhíos ar an gclaise osclaithe, thar is dhá gcuirfeadh chaon duine a chlaise féin isteach."

"Cé an dochar? Fág tús na gceascannaí agamsa! Gabhfaidh mé ag scoilteadh."

"Is caraid adéarfadh é. Cuirfidh muid ar ár rogha caoi iad. Ní ag coimhlint a bheas muid, ar aon nós. Tá an óige agatsa, bail ó Dhia ort, agus ní aireoidh do ghlaic na gága!"

D'aithin Nóra an ghail bheag dhíograiseach as glór Mhicil! Bhí an Fear Óg tar éis tír nua a sparradh anuas ar dhil-láthair a shaoil.....! B'fheasach di nár thús réitigh iomracha a fhódú mar sin i nGarraí an Tí.....

Bhí an gealgháire fillte ar chaint Mhicil aríst ar an toirt:

"Baic feasta, a bhuachaill!" arsa seisean, ag dul síos dó go dtí bun na hiomaire. "Chugat anois b'fhéidir!..... Is gearr go bhféada muid a rá nach mbeidh le cur ach cuid acu!"

Chuaigh an dá lái ag sioscadh na talún in éindigh: Micil ar an bhfód le claí: an Fear Óg ar an leathbhord amuigh. D'éirigh dhá bhurla shreangacha aníos as craiceann roighin na talún leis na lánta. Níorbh fhada go raibh dhá fháithim dhorcha ag síneadh le naprún riastach na cré.

Modh cainte ag Nóra a rá gurbh "ag réabadh talún" a bhíodh Micil. Shioscadh an spreab chomh cineálta is dá mba éard a bheadh sé a dhéanamh ag tabhairt lámh

163

chúnta chun éirí d'othar ionmhain. Duine ag cur barróige ar chom mná a shamhlófaí duit, le bheith ag féachaint air ag geantáil taobh na coise deise faoi chró na láí, agus dhá ligean féin amach ar a dheasóig chun an bord a ardú agus a iontú anuas. Ina chrois a sceanadh sé an taobh dearg den fhód.

Bhí an cor caoin ina láimh i gcionn na talúna seo. Ba chomaoin dó: bhí muintir Chéide dhá dheargadh le naoi nglúin.

B'fhíor dó ar maidin é. Ní raibh a dhóthain láin i láí an Fhir Óig. Ar nós uisce ag sruthladh de bhois maide rámha bhí an chréafóg ag sciorradh anuas di aríst sa gclaise. Theannadh sé an droim, thugadh an chos chlé chun cinn — greim docht ag a chiotóig thíos ar an bhfeac — agus ó sháil go gualainn roighníodh a thaobh é féin i gcóir an fhobha. Ar an bhfód a bheith iontaithe aige ropadh sé an t-iarann thrína uachtar chomh fíochmhar is dá mba námhaid chloíte é i gcomhraic bheaignéad.....

Ag féachaint di ar dhromanna an bheirt fhear ag triall uirthi anuas chuimhnigh Nóra nárbh ar aon obair amháin a bhíodar..... ná a d'fhéadfaidís a bheith.....

Ní raibh cosúlacht ar bith le Micil ag an dromán cearnach, ná ag an gcúl cinn íseal a bhí ar scair anuas ar an slinneán. Orlach bacaird óna mháthair ní raibh thuas ar a chorp! Cré a athar— cré an bhádóra a phós a deirfiúr Bríd i Meireacá — a bhí siar agus aniar ann!

Bhí sé ag druidim léi anuas ar an mbord ba ghaire do láthair. Scinn súile Nóra dá dhromán, thar a leiceann, thar an iothlainn, nó gur thuirlingíodar mar éanacha tnáite, ar an gclaí idir an iothlainn agus Garraí an Locháin ó thuaidh.....

Théaltaigh sí siar go dtí maolbhearna Gharraí an Tí

agus isteach ar an tsráid, gan féachaint níos mó ar an mbeirt a bhí ag créachtadh caoin-ucht na talún.....

16

Rinne sí cúpla sudóigín aráin le haghaidh an tae. Réitigh an dínnéar. Bhí scadáin aici agus bhain na cloigne díobh sul ar róst sí ar an tlú iad. I leaba iad a ligean ag ithe d'aon phláta amháin — mar ba bhéas léi féin agus Micil — thug pláta an duine dóibh. Leag ceann den dá mhéis mhóra chré a bhí ar bharr an drisiúir faoi na fataí, rud nach ndéanadh sí ach Lá Nollag.

A mearú intinne le cheithre lá anuas a thug di an saothar neamhriachtanach sin a chur uirthi féin. Ní fhéadfadh sí, aríst eile, a smaointe a shrianadh ó dhul siar go dtí an Oíche Déardaoin roimhe sin: ó dhul siar go dtí an dá phíopa tobac a stoll Micil i mbéal a chéile sa gclúid, i ndiaidh an Phaidrín Pháirtigh:

"Cé an chiall nach dtéann tú a chodladh, a Mhicil? Tá ceart agat a bheith tuirseach tar éis an trá rabharta."

"Tá mé tuirseach freisin. Tá mé tuirseach, an-tuirseach, ní ag ceasacht ar Dhia é, ní hea sin!"

"An rud ar bith atá ort, a Mhicil?"

"Muise ní hea, ach an oiread is a bhí i gcónaí, a Nóra, ach go bhfuil tuirse orm, go bhfuil sin..... Bhí mé le rud eicínt a rá leat, a Nóra..... Tá an bheirt againn anseo agus an aois ag teacht orainn: Tá an geadán talúna ag dul i léig agus is mór an scéal sin, mar sé an gabháltas is fearr ar an mbaile é....."

"M'anam gur fíor dhuit sin, a Mhicil, gurb é."

"Sé muis. Ba mhinic adúirt m'athair féin é, go ndéana Dia maith air! An uair a bhí sé ar leaba an bháis séard adúirt sé liom:

'Fágfaidh mé agat an geadán talúna, a Mhicil,' adúirt sé. 'Tusa an naoú glúin de na Céide ann. Níl a shárú ar an mbaile — ná ar an gceathrú, dhá n-abrainn é, Lig uait do bhean, a Mhicil. Lig uait do chapall, do bhó, do phéire bróg, do róipín láir agus do léine. Ach ná lig uait talamh Mhuintir Chéide, dhá mba le greim fiacal aníos as d'uaigh a choinneofá é.' "

"Dúirt, a Mhicil?"

"Nár lige Dia go gcuirfinn bréag ar an té atá imithe, a Nóra.....! Dá bhfeiceadh sé na Garrantaí Gleannacha ag déanamh fiataíle cheal clascannaí a thógáil iontu! Nó an scuaine driseachaí atá ag cairiú amach ar Pháirc na Buaile. Agus, dar ndóigh, tá an lochán..... Féach an phislín shúí atá anuas ansin thall....."

"Is fíor dhuit sin, a Mhicil."

"Agus barr ar an mí-ádh, ní mórán misnigh atá agam féin bualadh faoi Earrach i mbliana, tar éis gur beag é ár ndíol curaíochtá."

"An bhfuil tú chomh dona sin, a Mhicil?"

"Táim agus nílim. Sin é an chaoi é, sé sin. Tá sracadh maith oibre ionam fós, ach shílfeá nach bhfuil an cumha céanna ar mo chnámha i ndiaidh na láí i mbliana, is a bhíodh roimhe seo..... Sé a bhfuil ann go dtiúrfainn cúnamh do dhuine eile."

"Faigheadh 'muid fear pánnaí, a Mhicil. Tá an oiread againn is a íocfas é."

"Ba deise an chaoi a d'fhágfadh collach muice ar gharraí ná na fir phánnaí sin! Agus scriosfaidís thú. Ba shaoire dhuit fataí a cheannacht ná Earrach a dhéanamh ar an gcuntar sin. Ach ní hiad na fataí féin is mó cás liom, a Nóra, ach an geadán talún a fuair allas naoi

166

nglúin de Chéide len ól a bheith ina Gharlach Coileán-
ach."

"Ní bheadh a fhios ag duine cé an chaoi é, a Mhicil."

"Bhuel, is é an rud a raibh mé ag cuímhniú air, a Nóra,
mara ndéantar anois é, ní foláir dúinn é a dhéanamh faoi
cheann cúpla bliain....."

"Ní bheadh a fhios ag duine cé an chaoi é, a Mhicil."

"Ní bheadh a fhios. Sin é é. Níl duine ar bith de
Mhuintir Chéide in Éirinn lena fhágáil aige. Ní thiocfadh
ceachtar den chuid atá i Meireacá abhaile. Chuaigh fios
orthu cheana. Níl ann ach do dheirfiúr Bríd sa Tír Thiar.
Céard adéarfá faoin bhfear óg de mhac atá aici?"

"Fear luath láidir é, ach....."

"Cé an 'Ach'?"

"Dheamhan 'Ach' ar bith....."

Maidin Dé hAoine fuair Micil marcaíocht ar leoraí go
dtí an Tír Thiar agus thug suas a chuid talún do mhac
deirfíre a mhná.

Faoi dhó nó trí—ar a shlí soir nó siar—a bhí an Fear
Óg sa teach roimhe seo agus a chéas sé cúpla uair de
tráthnóna Domhnaigh, le scáile scéaltach an tsaoil am-
uigh a ligean anuas ar a n-urlár ciúin.

Ní fhéadfadh sí faltanas ar bith a bheith aici don
bhFear Óg seo a bheadh ar aon urlár léi as seo suas.

Fiche uair ón oíche Déardaoin, dúirt sí léi féin go
mbeadh cion aintín aici air.

Ón oíche Déardaoin go hoíche Dé Domhnaigh bhí a
scáile ina shail mhóir ina súil.

I mbéal oíche aréir a tháinig sé agus thug bréidín den
dorchadas isteach leis, ar urlár an tí.....

167

17

Tar éis an dinnéir, chuaigh sí ag cóiriú na leapachaí.

Ar a dhul isteach sa seomra thiar di lonnaigh a súil láithreach ar éadaigh Domhnaigh an Fhir Óig, ar shlinneán na cathaoireach. Ba mhaith feiceálach a d'fhág sé iad! Thiúrfadh sé le fios go raibh sé ann, ar chaoi ar bith!

Agus an filleadh slachtmhar a bhí aige orthu! Ba bheag lá nach gcaitheadh sí 'straic' a thabhairt ar Mhicil. Níor mhiste leis cá gcaithfeadh sé a chuid éadaigh. Ach d'fhaigheadh sé le casadh léi é! Ba mhinic a cuid féin ar mhaoilscríb freisin.....

Cá raibh an eitre dhomhain a d'fhágadh Micil ar áit a chloiginn?..... Ní bheadh a fhios ag duine gur codlaíodh ar an gceannadhairt seo ariamh! Ceannadhairt ag bádóir!..... Cúl cinn íseal ar scair ar an slinneán!..... Le codladh ar chláir!..... Codladh bíogúil nach liocfadh aon adhairt! ..... Ach an oiread is a liocas báitheadh an fharraige!.....

Ní raibh a fhios ag Nóra cé an chaoi ar tharla an t-éadach leapan sa gcruth a raibh sé! —— in aon dromainn fhada stáidiúil amháin ar nós brachlainn sa gCaoláire ar uair ropach. Níor chall di a dhéanamh ach a bhfilleadh anuas aríst agus bhí an leaba chomh slíoctha le muir théigle!.....

Bhí ar thob an seomra a fhágáil nuair a chonaic sí, brúite síos ar chúla an scátháin, póca beag páipéir de chineál nár chuimhneach léi a fheiceáil cheana ariamh.

Rug air agus chraith é. Thit cúpla pictiúr amach as.

Ba bhád mór ceann acu agus í feistithe i gcaladh. Bád mór a athar.

Teach a bhí i gceann eile. Iasc dhá thriomú ar an gceann tuí. Maidí rámha buailte suas ina aghaidh. Moing bhreac ag síneadh siar ar a chúl go dtí cnoc clochach ceo-bháite. Teach a athar.....

Bean. Bean óg. A tóin agus a droim siar aisti mar dhuán. Í ag dradgháirí.

Chuir Nóra an pictiúr sin suas faoin solas..... Mar sin a gháirfeadh eascann concair! Bean cheannasach..... Bean gan boige-shíne ar bith..... Bean ón Tír Thiar.....

Bhí pictiúr eile ann fós. An bhean chéanna —— agus fear. Mailí dubha..... Ba é an Fear Óg é! Agus a dheasóg aniar faoi ascaill na mná!.....

Ba shin é an chaoi a raibh sé anois! Bhí an fear seo mór le cailín den Tír Thiar! B'ise an t-aon úll gáireach ar a chrann! Ní bheadh sé sásta cleamhnas a dhéanamh leis an gcailín ab áin léi féin agus le Micil: Máire Jim, Jude Taimín, nó duine aitheantais eicínt eile.....!

Bhéarfadh sé isteach dá mbuíochas, ar an urlár acu, éan cuideáin as an Tír Thiar! Bean a thóigfeadh cuain strainséaraí ar an urlár. Gadhar de bhean a stróicfeadh í féin agus Micil.....

Bhuail Nóra na pictiúirí anuas faoin bhfuinneoig.....

18

Chuir sí di a saothar glantacháin as an ngoradh sin.

D'fhéadfadh sí anois dul ag freastal i nGarraí an Tí.

Chonaic uaithi soir ón tsráid go raibh an cúl fódaithe, go dtí ucht an chnocáin, ag an mbeirt fhear.....

Bhí a súil chomh so-ghluaiste anois is a bhí roimh an

dinnéar, is a bhí le cheithre lá. An nóiméad a ghluais
Micil chun na Tíre Thiar ghluais súile Nóra taobh ó
thuaidh den iothlainn agus thaithíodar ann, oiread is a
thaitheodh éan áit a nide..... An chomhraic sin le cheith-
re lá ag iarraidh na cosa a shrianadh ó na súile a lean-
úint! Agus an chaoi ar chinn uirthi aréir.....!

B'fhéidir do Mhicil anois, anoir as an ngarraí, í a
fheiceáil ag cónú ansin ag maolbhearna na sráide.....
D'fhill isteach chun an tí. Ghabhfadh sí ag gearradh
síolta.....

Ag imeacht abhaile do Mháire Jim aréir thíolaic sí suas
í go ceann na hiothlann. Ní bhfaigheadh sí inti féin fill-
eadh láithreach chun an tí tar éis Máire a ligean ar siúl.
Isteach san iothlainn a thug sí aghaidh agus soir ó
thuaidh, le claí Gharraí an Locháin. Scáilí croma na
híseal-ghealaí, dhá seitheadh dhe suas i nGarraí an
Locháin ag claí ard na hiothlann, a thug di gan mórán
moille a dhéanamh san áit sin. Sin agus eagla go dtioc-
fadh Micil ar a tóir.....

Dá dtéadh sí soir chuig an mbeirt fhear anois, ar an
gcnocán a bheadh sí ag obair. Bhraithfeadh Micil a súil
ag guairdeall anoir i leith na háite a raibh sí aréir.....
Bhí an cnocán sin ina thoircheas mór cruaidh aníos ar
imleacán an gharraí. B'airde é ná na claíocha thart tim-
peall. Bhí amharc uaidh ar an iothlainn fré chéile, ar
chuid de Gharraí an Locháin agus ar chuid den chlaí a
bhí ag dealú Gharraí an Locháin óna baile dúchais, Baile
an tSrutháin, taobh thoir.....

Garraí an Locháin. An claí tórann. An leachtáinín
cloch.....

B'fhearr fuiríocht ag gearradh na bhfataí síl..... Lean-
fadh na cosa na súile dá buíochas..... Agus de bhuíochas

Mhicil.....

19

Tháinig Micil isteach.

Dhearg an píopa.

"Mhúch an splanc orainn," adúirt sé. "Caithfidh mé fód coise a thabhairt liom."

Dhearc Nóra idir an dá shúil air. Chruinnigh a miongháire ar a chéile dhá phainéal dá leiceann. Ach níor dhúirt sí aon rud.

"Tá do dhóthain síolta ansin go ceann cheithre lá fós, a Nóra. Dá bhféadthá a dhul soir agus riar acu a scaradh dhúinn....."

"Ní mór an gearradh freisin agus beirt agaibh ann anois," adúirt sise, go neamhspleodarach.

Thóig a fear a aghaidh di. D'fhéach faoi agus thairis go místuama. Ansin sháinnigh lena shúile í:

"An-fhear oibre an Fear Óg, a Nóra. An togha! Diabhal bréag! Tá luas lámh ann ar aon chor!"

"Fear a bhí ag iarraidh iomrachaí a tharraingt amach gan dorú!"

"Bhuel, níl sé chomh pointeáilte le duine eile. An lái is mó atá dhá dhéanamh. Níl a dóthain láin inti, rud adúirt mé leis. Dar ndóigh, ní hé an bealach céanna oibre atá aige is atá sna bólaí seo. Deir siad nach lia tír ná gnás. Tiocfaidh sé isteach ar fhaisean na háite seo. Rud amháin ar chaoi ar bith: ní ligfidh sé an geadán talúna i léig....."

Thóig Micil sceallán as an gcliabh, bhreathnaigh air, chuimil sceabha dá chiumhais le pont a mhéire.....

Níor dhúirt sise aon ní ach theilg "sclamhaire" sa

171

gcliabh.....

"Deir sé liom freisin go ngearrfaidh sé glac shíolta tráthnóna," adúirt Micil, ag gabháil an fhocail aríst. "Ara, diabhal call a bheas duit mogall a dhéanamh feasta, a Nóra!"

Chaith sí "sclamhaire" eile sa gcliabh.

"Agus is caoladóir agus spealadóir é. Ní bheidh muid i dtuilleamaí Taimín feasta faoi chúpla cliabh a dhéanamh agus scrios Seán Thomáis mé anuraidh ag baint an fhéir sin thíos ag an gCladach..... Ní raibh súil ar bith sa sceallán sin a chuir tú i gcléibhín na síolta anois, a Nóra!"

"Fágfaidh muid faoi siúd iad mar sin, ó tharla nach bhfuil ceachtar againn féin i ndon a ngearradh, a Mhicil!"

Leag an mhiodach scine uaithi ar íochtar an drisiúir agus shuigh sa gclúid:

"Tá an-scian aige lena ngearradh freisin."

"Scian fharraige í sin. Bíonn a leithéid ag chuile ghliomadóir."

"Mara sáithe sé thú léi! Bhí sé sna saighdiúir, a Mhicil!"

"Nach hiomaí duine leis a bhí iontú!"

"Tiúrfaidh sé bean as an Tír Thiar isteach ar d'úrlár....."

"Ara, go gcuire Dia an t-ádh ort!"

"Maróidh sé le cloich thú! Tá buille feille na Tíre Thiar ina láimh.....!"

"Ara, bíodh unsa céille i do cheann!"

"Cuirfidh sé faoi deara dhuit a dhul amach i gcurach, nó go mbáitear thú....."

"Óra muise, beannacht Dé dhuit, a bhean! Meas tú an ngabhfainn se in aon churach dó? Agus ní iarrfaidh an

fear croí orm é! Dheamhan neach as broinn is feiliúnaí
ná é siúd. Cé an fáth faltanais atá agat dó, a Nóra? Ní
fheicimse aon cheo ar an ngearrbhodach....."

"Ach, a Mhicil....."

"Cé an 'Ach'? "

"An bhoirric!"

"An bhoirric? "

"An bhoirric atá ar a leiceann!"

"Cé an neart atá aigesean ar an mboirric? Dia a chuir
air í."

"Ní hÉ Dia, a Mhicil, ach a athair. Lena athair agus
le muintir a athar atá sé ag dul, chuile dhual agus giob
dhe."

"M'anam nach náireach dó — bail ó Dhia ar an bhfear!—
cé leis a bhfuil sé ag dul — gur hait an fear oibre é. An
togha! Tá luas lámh ann..... Seo corraigh leat, a Nóra,
agus siúil soir sa ngarraí.....!"

Chuaigh an bheirt amach chomh fada le tóin an tí.

"Níl aon bhaol oraibh a bheith críochnaithe ar an
gcnocán? "

"Cá bhfaigheadh muid é, ag priocadóireacht sa gcoil-
éar siúd? Deireadh m'athair — go ndéana Dia trócaire
air! — gurbh é spaga Chonáin é. 'Cnocán Chúl Thoir
Gharraí an Tí' adeireadh sé, 'a chuir gága ar na Céide.'
B'fhíor dhó. Dar ndóigh, siúd é a raibh a fhios aige é!
Ba cheart go mbeadh fóidín againn air tráthnóna, dá
dtéitheása soir....."

Ní raibh ó thuaidh san iothlainn ach an somadán féir —
fuíoll fliuch, giobach, deireoil an gheimhridh..... Chlaon
Micil a cheann.

"An cnocán. Tá sé chomh roighin le seanmhúille.
Dúirt m'athair féin é. Lá go fuin ina gcuid allais a chomh-

173

aireadh sé do bheirt fhear maith láí, le bheith síos thar an gcnocán sin....."

Rinne a shruth cainte anshocracht a ghlóir ní ba léire..... "Dheamhan a fhios agam ina dhiaidh sin nárbh fhearr duit tuilleadh síolta a ghearradh. Ní i bhfad a bheas beirt dhá gcur. An-fhear láí é siúd....."

Sciorr sé ag dul soir an maolbhearna agus thit an fód as a ladhair. D'fhág sé ansin é. Bhí sé as.....

20

Bhí rud eicínt ar an teach: an teach ar tóigeadh naoi nglúin de Mhuintir Chéide faoina chaolachaí: an teach inar tháinig sí féin de Cháthanaigh an bhaile taobh thoir: an teach nár baineadh ionga as a mhúnla ó theacht di in aontíos le Micil ann, deich mbliana fichead ó shoin — níorbh fhéidir a chreidiúint gurbh é an teach seo é.

Bhí rud eicínt ar an teach inniu.....

Leag Nóra lámh ar an gcathaoir, ar an mbord, ar an drisiúr agus ar an gcíléar..... Bhreathnaigh suas sna fraghachaí. Chuir an cat den teallach agus dhíbir an gadhar chun na sráide.....

Bhí rudaí ar siúl ann nach ndearna Cáthanaigh ná Céide ariamh:

Curach ag bordáil sa gcíléar agus Micil ag iomramh inti. Micil ag tuíodóireacht ar an drisiúr. Micil ag speal-adóireacht ar an mbord. Micil ag tarraingt amach iomrachaí gan aon dorú sa ngríosach.....

Bhí ollphéist iollúibeach na "gCuigéil" dhá snadhmadh féin ar an maide mullaigh. Bhí smut conúil géar-fhiaclach na "Rosa" ag diúl an tsúí den bhalla.....

As an "gcréalaigh" a d'éirigh an cat. "Idir an t-aighre

agus an tanaí" adúirt a shíon agus é ag teitheadh treasna na tine óna bróig.....

Níor aithin sí an madadh a bhí sínte ar an urlár. Madadh é a raibh malaí dubha air agus..... boirric.....

Ba teach strainséara é.....

I dteach strainséara a chuir sí a bróga agus a seáilín craobhach uirthi ar maidin. As teach strainséara a chuir sí an luaith roimh a bricfasta. I dteach strainséara a bhain sí na cloigne de na scadáin, a leag sí anuas cupán, sásar, uibheagán agus mias chré.....

Ní i dteach Cáthanach ná Céide a rinneadh na rudaí sin. Ní do Cháthanaigh ná do Chéide, ná do chlainn Cháthanach ná Chéideach a déanfaí iad.....

Ní ghabhfadh a clannse chun an phortaigh ar céalacan..... I muigíní a thiúrfadh sí a gcuid tae dóibh..... Scaoilte a bheadh íochtar a mbríste agus iad ag dul sa ngarraí..... Ag siodmhagadh a thosóidís dá samhlaítí leo síolta a ghearradh, ná beithígh a bhleán..... Ní bheidís ina gcaoladóirí..... B'fhuath leo curachaí.....

Ba é an rud deiridh a smaoineoídís air iomrachaí a dhéanamh gan dorú.....

Ní bheadh uirthi a bheith go síoraí san airdeall ar a láimh agus ar a teanga. Aon mhaoilscríb ná míchuiúlacht dá raibh inti féin, ba iad a bheadh i láimh agus i dteanga a clainne. Thoghfadh sí bean aitheantais ina mbeadh an mhaoilscríb agus an mhíchuiúlacht fháilí chéanna do Mhicil Óg. Agus d'fheicfeadh sí, roimh a bás, an dara Micil Óg sa teach.....

Ach ní fheicfeadh. Ní fheicfeadh sí ann ach clann bádóra as an Tír Thiar.....

Shuigh fúithi aríst ag scoilteadh sceallán. Chuimil a
ladhar cúpla uair suas agus anuas dá baithis chlé. An
smeachaíl chéanna a bhí inti a choinnigh ina dúiseacht í
an oíche roimhe sin. Ní raibh sí ag féachaint leis na
glóra rúnda faoina blaoisc a dhiúltú feasta. Sórt sámh-
ais a bhíodar a chur uirthi anois —— sámhas dorcha mar
scréach na smólaí, glogar an tsíol fraganna agus scáilí
croma na híseal-ghealaí i nGarraí an Locháin aréir.....

Garraí an Locháin. Leachtáinín cloch. Scáilí.....

Cúigear acu a bhí ann. Micil Óg, Nóirín, Pádraig,
Colm, Peige.....

Micil Óg. Ba é mo chéad lao é, agus an duine ba mhó
a shaothraigh mé díobh fré chéile. Oíche Fhéile Micil a
bhí inti thar oícheanta an domhain. D'airigh mé alt ar
chroí. Facthas dom gurb é an greim de choileach a d'ith
mé a rinne orm é.....

Ba é Pádraig a rugadh sa Márta. Bhí Garraí an Tí
curtha an bhliain sin. Cuimhním go maith gur ar an gcúl
thoir a bhí Micil. Tar éis an dínnéir a bhí ann. Ba ar
éigin Dé a shnámh mé go doras le glaoch air.....'Ach
céard sin orm? Ní san Earrach chor ar bith a rugadh
Pádraig, ach amach faoin Nollaig. Ba é a bhí agam an
tráth ar bhúail an arraing mé. Sin é an chaoi a bhfuil a
fhios agam é. Arraing a bhí orm chun tosaigh.....

Bhí an smúit as a hintinn mhearaithe ag teacht amach
thrí scannán éadrom a craicinn agus ag maolú géire na
roc ina gnúis. Níorbh fhéidir léi a n-idirdhealú. I gcónaí
as a dheireadh bhíodh uirthi iad a ainmniú, do réir mar

ab áil léi iad a theacht ar an saol..... Micil Óg, Nóirín, Pádraig.....

Spéacláire briste dall a bhí sa méid sin inniu.....

Cá raibh a fhios aici cé acu ba pháistí mná nó ba pháistí fir.....? Nó ar pháiste fir chor ar bith an chéad duine.....?

Ba dalladh mullóg é Micil Óg, Nóirín, Pádraig..... Bréag a bhí ann ó thús go deireadh: a cuid tnúthán dhá ngléas féin suas ina ndúile beo lena dalladh.....

Marbh a rugadh iad. Marbh a rugadh an cúigear. An duine féin níor rugadh beo.

Dhá bhfeiceadh sí beo iad! Mura mbeadh ann ach ar feadh sméideadh a súl! Scread naíonda amháin a chloisteáil faoin bpluideoig! Na carbaid mhaola a mhothú uair amháin féin ar a cích! Naíonán a dheornadh lena croí — a dheornadh ina théagar te beo-cholla — roimh a bhás!

Níor chuala, níor mhothaigh, ná níor dheorn.....

Mar bhaill mhífholláine, mar chuid ghuaisiúil di féin a sceitheadh aisti iad: sa gcruth chéanna ar sceitheadh aisti san ospidéal an cnapán domlais a raibh sí i gcontúirt a báis uaidh. Cnapáin domlais.....

Maireachtáil dóibh go mbeidís suas ina bhfir agus ina mná Mailí ganna, droim ghleannach agus muineál seang a fir a fheiceáil sna buachaillí. Caolmhéara bioracha agus fionnfholt a máthar féin a fheiceáil sna gearrchailiú. Aghaidh gheal Mhicil, a chaint thíriúil, a mhéin réidhchúiseach.....

Maireachtáil. Maireachtáil bliain. Seachtain. Lá. Nó ala an chloig féin.....

Bheadh só an chaointe aici ina ndiaidh. D'fhéadfadh sí labhairt gan scáth gan náire ina n-ainm orthu. Níor tháir di ansin paidir a chur lena n-anam. Níor choimhthíos léi dreas cainte a dhéanamh fúthu le mná na gcomharsan.....

Nár mhéanar do Chite Thomáis agus do Cháit agus do Mhuiréad é! Bhásaigh a gcuid clainne. Ach chonaiceadar iad. Phógadar a mbéal. Bheadh a gcuimhne ar bheo a leanbh ina grianán fáilí i ndíthreabh a ndoilís go héag.....

Bhí ga gréine feactha anuas le giall na fuinneoige.....

Nár mhéanar do Mhuire Mhór é! Bhíothas ag céasadh a Mic ar an gCrois. Ach d'fhéad sí É a fheiceáil. Agus d'fheicfeadh aríst.....

Ba mhór le Nóra dóibh fré chéile. Ba shin é an fáth a raibh drogall uirthi a dhul ar cuairt ariamh go dtí a deirfiúr Bríd, don Tír Thiar. Bhí clann bheo ag Bríd ina timpeall. Agus ní iarrfadh sí choíchín ach ag caint faoin gcuid a bhásaigh..... .

Ní raibh gair ag Nóra ainm clainne a thabhairt ar a cuid ginte. Ba leisce léi labhairt orthu duth ná dath. Goshnáthanna smalta.....

Bhí teir orthu abhus. Bhí teir orthu thall. Níl uair dá gcaintíodh Cite Thomáis ar na naíonáin léi a d'éag nach n-abraíodh go mbeidís roimpi ar uair a báis agus a choinneal féin i láimh gach duine, ag soilsiú a slí chun na glóire. Bheadh gach naí beag le Cáit "ina aingeal chomh geal le scilling," ag fógairt "a mháithrín, a mháithrín" roimpi, ag doras na bhFlaitheas.....

A bheith róshalach le slánú: róghlan le damnú..... Dia a bheith doicheallach gan a bheith feargach..... Cuilínigh clamhacha na síoraíochta..... Ar an stoc ronna nach raibh Dia ná an diabhal ag éiliú seilbhe air a bhíodar — "in áit dorcha gan aon phian."

Pé ar bith cá ngabhfadh sise ní ina dteanntasan é.....

A bheith scartha thall..... Ach a gcual crésan a bheith
i gcuideachta crése faoi dheireadh agus faoi dheoidh....!

Sin féin ní bheadh amhlaidh. In úir choisrigthe Chill
an Aird a bhí súil aicise a cur. Sa gclaí tórann idir
Baile Chéide agus Baile an tSrutháin a cuireadh iad-
san..... a cuireadh iad i mboscaí réidh-dhéanta..... a
cuireadh iad go rúnmhar de shiúl oíche, gan d'fhianaise
ar a n-adhlacadh ach na réalta..... Réalta neamhbháidh-
iúla nimhe nár shil deor ariamh.....

22

A ladhar a chuimilt go héadrom suas dá baithis aríst
mar bheadh sí ag muirniú loit.....

Chúig thoircheas, chúig othras, chúig luí seoil dhiana,
chúig dhíomua chéasta.....

Díomua..... Dóchas..... A bheith ar feadh na mblian sin
ar mhaide cor caimín ó dhíomua go dóchas agus ó dhóchas
go díomua.....

A géarghuais báis ar an gcúigiú hothras..... An dochtúr dhá rá gurbh shin í a gin deiridh.....

Cluas bhodhar Dé..... Doicheall Mhicil:

"Síos ansin..... Siar ansin..... Suas ansiúd suas.....
Caith as do cheann iad ar son Dé....."

Doicheall sin Mhicil nach dtiúrfadh aon tuairisc bharrainneach di cár adhlac sé iad, an tsine ba ghoirte ar fad
i slabhra pianmhar a cuimhní.....

D'fhanfadh an oíche a bhfuair sí an chéad léarachan
ar rún Mhicil ina bronntanas soilseach ina cuimhne go
deo. Níorbh fhada i ndiaidh a luí deiridh é. Í amuigh ar
an tsráid, soir ón doras oscailte, ag éisteacht le bog-
ghlagaíl an chuain. Sagart na féasóige as Baile Átha

Cliath istigh ag scríobh seanchainteanna Mhicil, mar ba ghnáthach leis gach oíche, ó theacht ar a chuairt san áit dó.....

"Ceist amháin eile sul a n-imí mé, a Mhicil....."

D'aon iarraidh bhí cluasa Nóra scoite ó ghlagaíl an Chaoláire agus iad sínte, mar dhá ghadhar bhíogacha a bhalódh cnáimh, leath slí isteach an chomhla.....

"Cé an sórt áit a gcuirfeadh sibh naíonáin gan baisteadh sna bólaí seo?....."

Nár nuacha Dia dhó, má ba sagart féin é! Ceist den tsórt sin a chur ar aon duine!.....

Trí huaire a bhí ar Mhicil labhairt, le gur fhéad an sagart na focla a réiteach as bindealáin chrosta a ghutha shlócthaigh.....

"Sa gclaí tórann..... Idir dhá bhaile..... Mar adúirt tú..... Idir dhá bhaile fearainn....."

Claí tórann! .....

Chuala Nóra ariamh gurbh ann. Bhí a fhios aici ó Chite, ó Cháit agus ó Mhuiréad cár cuireadh naíonáin neamhbhaistthe eile a rugadh ar an dá bhaile ariamh anuas. Ach níor smaoinigh go dtí sin gur sa gclaí tórann a bheadh a cuid féin. Adhlacain aduaine a shamhlaíodh sí leo i gcónaí:

Na caoráin riasca i mullach an bhaile a mbíodh na huain ag méileach orthu, tar éis a gcoiscthe faoi Lúnasa..... Bruacha na lochíní sléibhe gona gcuid giolcach, seimle, póicíní agus billeogaí báite: na lochíní a n-éiríodh lachain astu ar eilteoig bhanránach le torann coimhthíoch ar bith domhain san oíche..... Lúibinn claí breaclaigh a mbeadh na beithígh ar fascadh faoi agus óna gcloisfí le fochraí lae an gamhain úrcheannaithe ag brónghéimneach i ndiaidh na seanbhuaile..... Dumhach rite chois Caoláire.....

Níorbh ea, ámh. Ansin sa gclaí tórann idir Baile Chéide agus a baile dúchais féin a bhíodar.....

I mbéal an dorais..... B'fhéidir é..... Agus ar a cuid talún féin, b'fhéidir. I nGarraí an Locháin, b'fhéidir. Ba é an t-aon gharraí leo é a bhí ar aon tórainn le Baile an tSrutháin......

Thug Nóra aniar maingín eile de na fataí síl a bhí faoin leaba ina seomra féin.....

Rinne a haghaidh gáire chomh cuasaithe leis an bhfata a bhí sí tar éis a scoilteadh. Ag cuimhniú a bhí sí ar an lá ar aistrigh Micil an leachta cloch as lár Gharraí an Locháin, go ndearna ar ais aríst í, in éadan an chlaí tórann, idir a gcuid talún féin agus cuid Churraoinigh Bhaile an tSrutháin. An saothar sin a phléasc crotal rúin Mhicil!

Níor thúisce di Micil a fheiceáil i mbun a shaothair ná a bhraith sí fios fátha an scéil. Gach adhlacan eile ar an dá bhaile dár luaigh na mná bhí leachtaí cloch os a gcionn. Bhíodh daoine i gcónaí ag carnú cloch i mullach na marbh.....

"Is ansin atá siad, a Mhicil! Sa gclaí tórann....."

Thit an gruán cloiche a bhí idir a dhá láimh ó Mhicil.

"Téirigh isteach abhaile," arsa seisean, a shúile dhá laghdú féin ina dhá gcuil shoilseacha ina cheann, "agus ná bí ag ligean don Diabhal a bheith ag magadh fút, ar an gceird a bhfuil tú..... Bhí an leachta ag diomallú an gharraí ansin ina lár..... Deireadh m'athair gurbh é an preabán talamh féir ab fhearr ag gabháil leis é, marach an leachta agus an lochán. Triomóidh mé an lochán ach a bhfaighe mé ionú air....."

Theangmhaigh an scian lena craiceann thrí íochtar an

scoilteáin. Lean braoinín fola ag silt, amhail dá mba ag iarraidh a cuimhní a bhreacadh ar éadain bhána na síolta a bheadh a méar.....

Chuir leithscéalta ciotachá Mhicil faoin leachta fonn gáire uirthi, an lá úd a bhfuair sí amach rún an adhlacain.....

Cé a shílfeadh gur ansin i mbéal an dorais a bheidís? D'fhéadfadh sí cuairt a thabhairt orthu gach lá. Níl nóiméad dhá dtogródh sí nach mbeadh feiceáil aici ar a n-adhlacan. Bheannódh sí dóibh agus í ag dul chuig an tobar, ag níochán an éadaigh, nó ag bleán na mbeithíoch. Sruthlán gléigeal airgid bheo a bheadh iontu feasta thrí chlochar carrach a lae, thrí luainn liath a saoil.

Choinneodh sin cnea an bhróin ag síorshilt ina croí. Bhí leac fhollasach faoina súil ar a bhféadfadh sí a brón a shilt. Céad uair sa ló thiocfadh léi a mheabhrú di féin gur mháthair í.....

23

Faoi seo bhí grian ardthráthnóna ina pláta dearg thiar aneas os cionn an Chaoláire: í ag scartadh isteach an doras oscailte agus an fhuinneog: slaod trom di anuas ar liathfholt Nóra ag an doras dúinte, mar bheadh sí ag iarraidh na gcuimhní a aipiú ina ceann, ar áis nó ar éigin.....

Cuimhní caoine Gharraí an Locháin..... Ar feadh na mblian, tar éis di rún Mhicil a bhraith, bhíodh an garraí sin ina mhóinéar, a chuid claíocha bioraithe, gan bealach bó ná duine ann a chuimleodh leis an leachta, ná a chorródh cloch ar a fuaid.

Ó na chéad bhlianta amach ba bheag a chuireadh Micil

in aghaidh é a bheith aici féin. Ba léi féin an leachta
sa gclaí tórann. Ba léi an bainne bó bleachtain a chuir-
eadh a mhullach amach óna íochtar agus an buinneán de
mhugóire a bhioraíodh aníos idir dhá chloich as. Ba léi
ceiliúr na meantán agus na ngealbhan a dheisíodh iad
féin ar a bharr. Níor lách tíriúil go dtí iad mar mhean-
táin agus mar gealbhain.....!

Ba ghrian gheal i gcroí Nóra inniu smaoiniú ar na
scaití a chéasadh sí i lúibinn an leachta sin chois an
chlaí, ag cniteáil stoca do Mhicil nó ag fuáil beargúin
di féin. Sin nó ligthe soir ar an leachta ag comhrá le
muintir Churraoin sa ngarraí taobh thall — ag comhrá faoi
aon rud, pé faid a thogair siadsan é. Ach formhór an ama
is ina suí a bhíodh, ag breathnú uaithi agus ag éisteacht:

Ag éisteacht san Earrach le slapáil an tsíol fragannaí,
ar chiumhais sheileastramach an locháin. Ag féachaint
sa Samhradh ar chruimhe, ina seitheanna tirime aclaí, ag
snámh suas go dtí barr dlaoi, nó ag éisteacht le luchain
ag scinneadh sa bhféar, ó bhoinn na seanchruacha san
iothlann taobh thíos. Sa bhFómhar d'fheiceadh sí gail
ag éirí os cionn múnlach an locháin le brothall gréine,
agus laethanta tirime geimhridh scamaill bhroghaiseacha
ar spéir bhán.

Ba léi féin uilig iad, síol, cruimhe, luchain, gail agus
scamaill. Duail ina sólás dorcha ba ea iad.

Leag Nóra uaithi, in imeacht nóiméide, an scian lena
raibh sí ag gearradh na síolta.....

Ba doiligh léi a chreidiúint anois gur mhinic a ruaig sí
aos óg an bhaile as Garraí an Locháin, áit ina mbíodh
an-tóir acu a theacht le báid seileastram a chur ar snámh
sa lochán. Ba mhór léi dá muintir a n-aoibhneas clainne.

Ach áthas a bhíodh uirthi a bhfeiceáil ansin ó fuair sí

amach an t-adhlacan. Ina suí di chois an leachta ag an gclaí tórann thagadh a ngleo gáireata aniar chuici ón lag ar bhruach an locháin, le cloigíní geala a bhaint ina croí. Ba léi féin anois iad agus dá glór féin — glór bog tláth Mhuintir Fhíne — a labhródh sí leo feasta:

"A chlann ó, nach sibh atá ámhailleach! Má thaltaíonn sibh an féar, beidh Micil le cuthach."

Ach a thúisce dóibh teacht ag foiléimneach chuici aniar — a leicne ina gcaor, puiteach an locháin ar a gcosa, gaise te an reatha as a mbéal — bheireadh an tsean-aicís ar Nóra aríst, ina scáile dubh smólta treasna a súl. Níor léi-se iad......

Théaltaíodh sin, ámh, i ndiaidh ala an chloig:

Níor tháinig mo Mhicil Óg aniar chugam fós..... I bhfalach bhíog ar chúla an chnocáin atá sé..... Agus tá Nóirín ag cur báid seileastram ar snámh sa lochán, adeir tú. Cár fhág tú Pádraig ná Colm ná Peige, a Jude Taimín....? Gabh i leith, a Mháire Jim. Cé an aois thú.....? Deich mbliana caite. Is maith an mhéid atá ionat do d'aois, bail ó Dhia ort.....! Tá bliain agat ar Jude Taimín, adeir tú. Téigí ag spraoi anois, mar a dhéanfadh gearrchailiú maithe, agus ná ligí do mo Nóirínsa a beibe a mhilleadh thiar ansin sa lochán. Má thaltaíonn Micil Óg an féar abraigí leis go dtiúrfaidh a athair slat dó tráthnóna..... Comhaois í Máire Jim agus Micil Óg. Níl ag mo Nóirín ach mí ar Jude Taimín. Tá airde ag Nóirín thairsti. Le mo mháthair atá Nóirín ag dul. Bhí airde mhór i mo mháthair. Ach mara mbeidh sé suas ná anuas i Jude, beidh sé anonn agus anall inti. Tiachógaí suite mar sin a bhí i muintir Taimín.....Is deas nádúrach an dá chailín bheaga iad Jude Taimín agus Máire Jim. Amach anseo, faoina bheith slán dúinn, dhéanfadh ceachtar acu bean tí mhaith do Mhicil Óg....."

24

Thit fata a bhí sí ar tí a scoilteadh as a láimh. Chuaigh
ag roilleagán, i mbéal a chinn, go doras agus thar an
tairsigh ídithe chun na sráide. Lean Nóra é.....
I súil sméideach na gréine fuair cúpla amharc ar
chruach na lánta, ina bhfiacla líofa ag smalcadh na cré,
agus ar ghail bheag dheannaigh ag éirí as cnocán púdar-
thirim Gharraí an Tí.....
Roimh shuí di in athuair ag an doras dúinte chas an
stóilín, le go mbeadh a haghaidh amach ar an urlár.
D'éirigh driog fhuaicht ina droim. Bhí an ghrian claonta
siar as an doras agus as an bhfuinneoig, agus an t-ur-
lár ballach le muileataí dúscáile arbh fhurasta a shamhlú
go raibh beatha dá gcuid féin iontu sa teach falamh ciúin...
Ní dhearmadódh Nóra an t-uisce goirt – an imní, an
phian, an peacadh – a bhí ag brúchtadh thrí chluanta
geala na gcuimhní úd ar Gharraí an Locháin.....
An aos óg ag déanamh daoraí den leachta agus ag tóg-
áil clocha as le haghaidh *Ducksey*..... Bualtraigh na
mbeithíoch a bhíodh ar cimín ann sa ngeimhreadh agus
go tús féir a chuimilt den leachta i ngan fhios..... An
salachar goirt a chaitheadh na Curraoinigh anoir ar a
bharr a thabhairt chun siúil i ngan fhios..... Seilmidí
dubha a chur de sheanurchar thar an gclaí tórann.....
Spigneantaí clúmhghránna a shatailt síos sa gcré agus a
bheith sa leaba trí lá le déistean ina dhiaidh . . . Micil ag
gearán in imeacht an tSamhraidh faoi aos óg an bhaile a
bheith ag taltú an fhéir in Garraí an Locháin..... D'fhaigh-
eadh Micil sásamh ag sclafairt ar an gcóir sin.....
Ba rímhaith ba chuimhneach léi a raibh d'imní uirthi,
an tráth a raibh brúisc den leachta tite, agus í ag tnúthán

le faill a thógála i ngan fhios dá céile.....

Tháinig lá an-fhliuch.

"Gabhfaidh mé síos tigh Taimín go gcuire sé tosaigh ar na bróga dhom," adúirt Micil.

I gceann tamaill, sciorr Nóra suas an iothlainn ar chúla na gcruach agus an choca féir. Bhí Micil, faoin tsín ropanta, ag tógáil an leachta.....

"Ar chuir tú tosaigh faoi na bróga?" arsa sise, ar fhilleadh chun an tí dó.

"Ní raibh aon cheap aige."

"Tá tú báite go craiceann. Ba diachta dhuit an oiread sin báistí a fháil as seo go tigh Taimín....."

D'fhéach Micil uirthi. Tháinig luisne ina leiceann. Ag ligean sileadh dó as corr a bhéil i luaith an teallaigh chrap a shúile ó Nóra..... Ach bhí ruibh oilc air aríst go ceann seachtaine.

Bhí údar ag Micil cuimhniú freisin ar an uair a bhí bóithrín an bhaile dhá dhéanamh. Airsean a bhí an milleán, nach bhfuireodh leathuair eile ag an teach nó go mbeadh meitheal an bhóthair scortha. Dhéanfadh a chuid fola leac mara dtéadh sé go huachtar an bhaile láithreach:

"Fág seo! Caithfidh cromnasca a dhul ar na cúpla caora sin. Tá an danrachán seo thíos ag ceann an bhóthair tar éis fuagra a thabhairt dom, anois ar an bpointe, iad a choinneáil dá chuid féin....."

"Leathuair eile, a Mhicil."

"Leathuair eile! Beidh sé dorcha ansin. Lá gearr...."

"Ach....."

"Cé an 'Ach'?....."

"Lucht an bhóthair."

"Lucht an bhóthair?....."

"An leachta," arsa sise, nuair a d'éirigh léi an tsnag

ina píobán a shárú. "Ardóidh siad leo an leachta! Tá
mé dhá faireadh ó dhoirteadar aníos linn anseo.....
Theastódh na clocha atá inti uainn féin — nach dteast-
ódh? — le haghaidh cró nua....."

Níorbh fheasach di anois ná an uair sin cé an cineál
solais a tháinig i súil Mhicil — fearg nó trua, nó ogach
di féin gan dul go barr an bhaile. Bhí sé imithe ar an
toirt agus na caoire cuibhrithe nasctha leis féin aige sul
ar shroich sise an láthair.

Ar fhilleadh dóibh bhí an leachta imithe, grafchurtha
ar cholainn an bhóthair, ar fud clocha bodhra na ngarran-
taí faoi gcuairt.....

An oíche sin chuaigh sí amach ag féachaint ar an
mbóthar faoi sholas na gealaí. Saothar in aisce. Níor
theocha cloch ná a chéile sa gclochán amh sin.....

Ní raibh d'fhuílleach leachta Gharraí an Locháin ach
sraith mionchloch ba dheireoil leis an lucht oibre a
chnuasach ná a chur ar bharraí. Charnaigh Nóra ina
leachtáinín nua iad agus b'amhlaidh dóibh go dtí an lá
inniu, cuailín fuar uaigneach ar scáth an chlaí, mar
shaoirseacht thite i gcúinne de sheanteampall.....

An rud ba léire léi ar fad anois — ina éan mór dúscáil-
each thrí chraiceann tanaí na mblian — ba é sost doi-
cheallach Mhicil é: sost a mhair go ceann tréimhse i
ndiaidh an leachta a scuabadh ar siúl.....

Ní raibh gair ag Nóra a béal a oscailt, ámh.

Ba shin é a scrúdadh í ar fad. B'éigin di béal marbh
a choinneáil uirthi féin go síoraí faoin leachta agus
faoin gcúigear. Béal marbh le Micil — nó thagadh ruibh
air. Béal marbh le Cite Thomáis, le Cáit agus le
Muiréad. Béal marbh agus iadsan ag cur síos ar a gcuid
clainne: ar an méid saoil a fuaireadar;   ar an tsiocair

bháis a bhí acu; ar an ngiollaíocht a thugadar dóibh; ar
na blianta, na laethanta, agus an uair de ló a bhásaíodar;
ar na cealla a raibh a n-adhlacain; ar an mbuaireadh a
bhí ina ndiaidh orthu; ar an gcaoi a dtéidís chun na cille
le paidreachaí a chur suas ar a son; ar a chinnte is
chuiridís faoi bhrí na guidhe sa bPaidrín Páirteach gach
oíche iad.....

Agus na rudaí adeireadh na mná le Nóra:

"Ghuidhfinn do do chuidsa freisin, a Nóra bhocht, ach
ní dhéanfadh sé aon luaíocht dóibh. Deir siad nach
bhfuil aon bhrí agan urnaí a déantar ar son páiste ar bith
nach mbíonn baistthe. In áit dhorcha gan aon phian a
cuirtear iad. Go bhfóire Dia orainn!....."

Bhí gach focal, gach siolla, gach béim ghutha ina
n-easpaí reatha inti fós..... Thosaigh Nóra ag coinneáil
ó na mná ar fad. Nár chonórach iad ag rá nach raibh aon
mhaith a bheith ag guidhe ar a son!

B'iomaí uair — le linn di féin agus dá fear a bheith ina
suí chois na tine, oícheantaí airneáin roimh an bpaidrín
— a bhrúcht sé aníos go dtí an béal aici fiafraí dhe ar
pheacadh é a bheith ag guidhe ar son a marbhnaíonán.
Bhí Nóra cinnte go n-abródh sé nárbh ea. Ach ní abraíodh
sé aon fhocal. Ba é sin mórán an t-aon rud a chuireadh
fearg air — iad a lua os a chóir chor ar bith.

Deireadh gach duine nár ghar a bheith ag guidhe
dóibh.....

D'fhuaraigh sí ina hurnaí. Níorbh fhada gur éirigh sí
as an urnaí go hiomlán. Agus bhí sí na blianta amhlaidh:
a laethanta mar scuaine de fhrámaí falamha pictiúr, a
croí chomh tirim leis an taobh istigh de chnó. B'amh-
laidh di nó go raibh an cnapán domlais dhá bhaint aisti
san ospidéal, an uair a cheisnigh an sagart sa bhfaoistean

í.....

Leag Nóra uaithi an scian agus chuir bos suas ar a ceann.....

An crácamas ag iarraidh comhairle an tsagairt a chomhlíonadh..... caint na mban a ruaigeadh as a cloigeann...., an leachtán agus Garraí an Locháin a sheachaint fré chéile.....

Ó shoin anuas rinne sí a sárdhícheall. Ní théadh sí ó thuaidh san iothlainn ach an uair a chinneadh uirthi. Bioraíodh an claí an-ard san áit a mbíodh an chéim ag dul suas i nGarraí an Locháin as an iothlainn. Le cúl a chur ar aos óg an bhaile ó chomharsanacht an tí gheall Micil go dtriomódh sé an lochán — gealladh díograiseach neamhchomhlíonta Mhuintir Chéide ó bhliain go bliain agus ó ghlúin go glúin. Thug sí faoi deara di féin a dhul ag iarraidh uisce ó dheas i dtobar Taimín, na héadaigh a níochán i sruthláinín na Buaile agus na beithígh a bhleán sa Tuar siar ón teach.

Bhí an poll duibheagáin ina croí ag dúnadh i leaba a chéile, ó shoin anuas.....

Ó shoin anuas chuireadh an urnaí suantraí síochána ag bogadh thrína croí agus caismeacht an dóchais ag ropadh ina hintinn.....

Ó shoin anuas go dtí inniu.

Ach inniu níor thuill ina hintinn ach boirric ollmhór. Ná ina croí ach carn beag cloch faoi scáth claí tórann.....

25

Inniu bhí a hintinn i ndiaidh pléascadh as an scaoilteoig theolaí ar chuach an sagart í agus i ndiaidh cromadh siar aríst ar chualach dóite a deich mbliana fichead sa teach seo.....

An bheirt fhear a thíocht isteach scortha as Garraí an Tí a strachail aniar í, faoi dheoidh, i gcruóig an tráthnóna Earraigh, a mheabhraigh di go raibh sé in am a dhul ag réiteach cuid beithíoch agus ag bleán.

Chuaigh Micil faoi dhéin na mbeithíoch. Shuigh an Fear Óg sa gclúid agus dhearg a phíopa ceannmhór. Bhraith Nóra aríst é ag féachaint ar an streoille súí leis an mballa ó thuaidh.

Ar a theacht isteach di i ndiaidh an bhleáin, fuair sí an gadhar ag lufáireacht leis an bhFear Óg. Bhí na cosa tosaigh thuas ar a ghlúine aige agus é ag iarraidh a dhul ag líochán a bhéil. D'fhógair sí go coilgneach air, i gcruth is gur thug an tsráid air féin.

"Nach beag de choimhthíos thú leis an strainséara?" arsa sise, amach ina dhiaidh.

Chuaigh sí le cuid an ghamhainín. Casadh Micil léi ag binn an tí agus an t-asal ar adhastar aige, lena chur sa gcró.

"Croch leat an strainséara ar cuairt," adúirt sí leis.

"Fainic a gcloisfeadh sé thú!" arsa Micil. "Cé an deabhac atá ort a bheith ag tabhairt strainséara ar mhac do dheirfíre?"

Ní dheachadar ar cuairt. Chuaigh an Fear Óg ag gearradh síolta agus bhí ina n-éadan nó nárbh fhéidir "na súile" a fheiceáil iontu, i gcrónthitim oíche. Ansin d'iarr ceap agus casúr; d'fheistigh é féin ar cheann an stóil; leag coinneal ar an mbord lena ghualainn; agus thosaigh ag deasú péire seanbhróg le Micil.

Ina suí sa gclúid ag déanamh stoca a bhí Nóra. Bhí a súile gafa ag méaracht ghasta na mbiorán. Níor chroch iad nó gurbh éigin di an tine a charnú. Bhí an Fear Óg cromtha anuas os cionn na bróige, bogha solais na coinnle ar a leathleiceann ag treisiú leis an ré dhorcha ina raibh an chuid eile dhá aghaidh.

Bhí a súile leata ar an stoca aríst agus lúbadh ní ba mhire ag na bioráin. Ach ní fhaca na súile sin ach boirric..... chúig bhoirric.....

Leag uaithi an stoca ar an bhfuinneoig. Chaithfeadh sí cuid dhe a roiseadh aríst.....

"Cá'il tú ag dul?" adúirt Micil.

"Sílim nár dhúin mé púirín na gcearc. Cá bhfios nach hé an sionnach....."

"Foighid ort!" adúirt an Fear Óg, ag éirí dó agus ag dul don tseomra. "Tá *flash-lamp* i bpóca mo sheaicéid nua, má tá an oíche dorcha."

Bhí sé aniar aríst ar an bpointe leis an lóchrannán: lóchrannán a raibh cuma an-tseang an-tsleamhain air, sá gcrobh leathan téagarach. Bhog sé an cnaipe agus shín dealg gléineach solais anonn uaidh ar an bhfuinneoig.

Rug Nóra ar an stoca agus thug suas ina seomra féin é.

"Cá bhfuair tú an gleorachán sin?" adúirt Micil.

"A cheannacht."

"I nDomhnach, ní fhaca mé a leithéid ariamh ach ag an bpóilí. Oíche dhá raibh mé ar cuairt ansin thíos tigh Taimín bhí an póilí ramhar ag ceann an bhóthair, dhá scartadh ar lucht *bicycles*."

"Tá siad i chuile shiopa thiar againne, pé ar bith é. Is mór an éascaíocht iad oíche dhorcha le breathnú ar bheithígh i gcroithe."

"Laindéar agus coinneal ann a bhíos agamsa," adúirt Micil.

"Is sciobtha é seo go mór"—las aríst é—"seo dhuit é," arsa seisean, dhá shíneadh chuig Nóra a bhí ar ais sa gcisteanach.

"Ní bheidh plé ar bith agam leis," arsa sise, idir í féin agus a hanáil, ag druidim i ndiaidh a cúil di amach an doras.

26

Bhí an lúbán ar phúirín na gcearc. Ba é an rud deiridh a rinne sí tráthnóna é.

Sheas ag binn an tí. Ba mhinic, de shiúl οíche, a chaitheadh sí seal mar sin amuigh ar an tsráid. Thugadh sé fortacht di éisteacht le srannán an chuain ar choraí an chladaigh.

Bhí an ghealach — an sceallóigín deirceach di a bhí ann — maolaithe i bhfad siar ar an spéir agus í ina suí go corrach ar ghualainn dúnéill ramhair. Fáiscthe lena brollach cuasaithe bhí gealach eile — góshnáth éagruthach gealaí.....

Gan mórán achair, scoilt an dúnéall agus lig an tsiabharghealach thríd síos. Ní raibh fágtha ach breacadh beag solais ar chiumhais an duifin.

Bhí corr-réalt ar an spéir, ach níor mhór féachaint go grinn lena bhfeiceáil, bhíodar chomh smúitithe sin ag scamaill. Spéir dhoicheallach a bhí inti. Spéir fhuar fhalamh.

D'éist le éagaoineadh an Chaoláire. Ag éagaoineadh a bhíodh an Caoláire i gcónaí: snag roighin saothrach mar bheadh ag seanduine criotáin.....

Bhí tolgán bodhar ag an gCarraig Bhuí, ón súiteán a bheith ag brúchtadh thríd an gcoirrligh uaibhreach ag a bun. Shíl Nóra gur fhéad sí an chiumhaiseoigín gheal a fheiceáil, san áit a raibh an ghaoth ag greannú aníos craiceann an chuain agus dhá bhriseadh ina bhúir ar na moláin bháite, ag an gceann amuigh den Scothach.....

Níor shólás ar bith do Nóra éisteacht leis anocht. Caoláire eascairdiúil a bhí ann. Coileán colgach, dhá shaghdadh ag an ngaoith theann aniar, ag tafann go binibeach uirthi.....

B'aisteach léi a bheith ag féachaint ar an gCaoláire ó d'oscail a súil agus gan cuimhniú, go dtí aréir, cá fhaid siar a bhí sé ag dul.

B'fhada siar a bhí sé ag dul. Siar go dtí na "Rosa" agus na "Cuigéil". Siar go dtí caladh a raibh bád mór feistithe ann. Siar go dtí teach a raibh moing bhreac agus cnoc clochách ceo-bháite ar a chúl.....

Agus bhí bean eile ag féachaint amach ar an gCaoláire agus ag éisteacht le fonn na farraige anocht. Ag cuimhniú a bheadh sí go raibh sé ag síneadh i bhfad soir. Soir in áit nach raibh oileán, ros, ná cuigéal. Soir in áit nach raibh glaschuanta ina gcrága móra míchumtha ag stialladh an chladaigh, ach ar fhéad lorga an bhóthair rith díreach fáilí, mar éan chuig a nid. Soir an bóthar sin le ciumhais an Chaoláire a chuaigh sé. Thoir ar an mbóthar sin a bhí sé. Ach thiocfadh sé ar ais, gan mórán moille. Ar ais ina coinne féin. Agus d'ardódh leis soir í: ise a bheadh ag fuiríocht thiar chois Caoláire ag éisteacht le fonn na farraige..... Bean cheannasach. Bean ghadharúil.....

Phreab Nóra. Chuala sí rud eicínt, dar léi féin. Bhioraigh a cluas sa ngaoith. Ach ní raibh ann ach fuaim an chasúir ón doras faonoscailte.

Tháinig an madadh chuici. Thosaigh ag lúcháireacht léi.

"A — a — a — " arsa sise, ag tarraint a seanchic air.

Sciorr leathchos léi ar an leicín bhealaithe chois na binne ar a gcuimlíodh sí an tsluasaidín, tar éis an luaith a chur amach gach lá. Shín a lámh uaithi, nó go bhfuair greim ar rud eicínt. Láí a bhí ann, láí a bhí in aghaidh an bhalla.

Bhí dhá láí ann — scair ag feac acu ar an bhfeac eile in éadan tóin an tí.....

B'éigin di an láí a thógáil suas leis an mbróigín a thabhairt faoi deara, mar bhí an dorchadas greamaithe chomh dílis le scraith chaonaigh, anuas don bhinn. Níor ghá é. Ar an gcéad tadhall dá láimh mhothaigh sí go raibh saothar aon lae Mhicil dhá fhoilsiú féin ar a múnla. Bhí bos ag teacht ar an bhfeac agus caoineas sa gcruach — caoineas láimhe ar cheann naíonáin, adúirt Nóra léi féin.....

Shocraigh Nóra í ar dheisiúr na gealaí, ag giall ó dheas na binne. Chaith láí an Fhir Óig ag an gcorr ó thuaidh. Ach chrom uirthi aríst láithreach. Níor leisc léi a dhá láimh a chur inti an iarraidh seo, í a thabhairt anonn go dtí an claí beag ag tóin chró na mbeithíoch, agus a cur soir le fánaidh dá seanurchar sa gcarn aoiligh.....

Tuilleadh de bhéasa na Tíre Thiar na lánta a thabhairt abhaile san oíche.....

27

Ní raibh deireadh ráite fós ag Micil, ar a theacht isteach di, faoi íospairt an tsionnaigh.

"Tá gunna bairille dúbalta thiar sa mbaile agam," adúirt an Fear Óg.

"Dheamhan gunna a bhí i mo ghlaic ariamh. Níl aon ghunna ar na bailteachaí seo."

"Cuireadh mise go dtí an Currach bliain amháin, ar fhoireann an Chéad Chatha, i gcomórtais an raidhfil. An bhfuil na lochíní sin adeir tú a mbíonn na géabha agus na lachain fhiáine orthu i bhfad suas sa gcriathrach?..... Beidh a shliocht orthu! Cuirfidh mise ag ithe feoil duine uasail sibh, ar feadh is an 'cailín' siúd a theacht aniar....."

"Phléasc gunna i dteach ansin thoir anuraidh. Is fánach an chaoi — i bhfad uainn an urchóid! — a maródh siad duine....."

"Ara, tuige a maródh?"

Lig an Fear Óg scairt gháire.

"Ara, tuige nach maródh!" adúirt Nóra. "Ní thiocfaidh aon ghunna isteach anseo....."

D'itheadar a suipéar ina sost.

Tar éis an phaidrín shuigh an bheirt fhear ag an tine aríst. Dhearg Micil an dara píopa tobac gan rómhoill.

"Tá sé in am codlata," arsa Nóra.

"Is ceart don Fhear Óg seo — bail ó Dhia air! — a bheith tuirseach i ndiaidh a lae," adúirt Micil. "Ba réacha an Caoláire a rómhar ná an cnocán siúd. M'anam nach drochdhúchan lae ag beirt, i nGarraí an Tí, 'spaga Chonáin' a bheith tochlaithe acu..... Féadfaidh sí a dhul soir ag scaradh giota dúinn amáireach....."

Ag fáil coinnle a bhí Nóra. Las agus chuir ar cheann an bhoird í, le haghaidh an Fhir Óig.

"Tá an lampa seo agam," arsa seisean, ag baint na nascán as íochtar a bhríste dó. "Sé is éasca....."

Mhúch Nóra an choinneal gan tuilleadh cainte..... Ní chuimhneodh sí choíchin ar choinneal a thairiscint do Mhicil Óg. Ghabhfadh Micil Óg a chodladh gan aon tsolas, a fearacht féin agus a fir. Bhuailfeadh sí siar

sa seomra chuige, de mhaol a mainge, agus é· ar thob luí.
Thóródh sí rud eicínt sa gcúinne, nó chorródh na breac-
áin a bheadh ar an bhfuinneoig. B'fhéidir gur balcais
éadaigh leis nár mhór a phíosáil a thiúrfadh sí aniar.
Ach ní imeodh sí as an seomra gan fiafraí dhe a raibh a
dhóthain clúdach faoi agus thairis.....

Mar sin a d'fhágfadh sí slán codlata ag Micil Óg..... a
d'fhágadh..... mar ba é an t-aon ghnás é nár fhéad sí a
thabhairt suas ar chomhairle an tsagairt úd..... go dtí
anocht.....

Anocht bhí duine sa seomra nach raibh gaol ná dáimh
aici féin ná ag a fear leis : mac bádóra as an Tír Thiar.....

28

Chuaigh an bheirt fhear a chodladh..

Shuigh Nóra síos ar an stól i lár an teallaigh agus
scar a dhá chois ar an tine, rud nach ndearna sí cheana
in imeacht an lae. Ba shin é an chaoi ab fhearr a dféadh
sí í féin.

I bhfaonsholas an tí bhí an tine — an méid ab ann di —
ina gréasán dubh agus dearg agus gan cruth dá samhlódh
súil — ag lonnú di ar feadh tamaill— nach raibh ag snámh
agus ag sméideadh inti.....

Ba ghearr go raibh súile uaigneacha Nóra sloigthe sa
ngeamaireacht dhiamhair seo.....

Buidéal *castor oil*. Cáca gearrtha go coirnéalach
isteach go croí. Cupán agus sásar agus uibheagán.
Scian a raibh bior inti. Ceannadhairt gan aon liocadh.
Póca beag páipéir. Lóchrannán. Adhartáin ramharfhola.
Mailí dubha, boirric.....

Bhí an bhoirric ansin sa mbéalóig..... Rug Nóra ar an

tlú, de dhorta dharta, agus tharraing thríd an tine é.....

Bhí an lá sin caite. Ach ní raibh ann ach an chéad lá. An chéad lá de na céadta lá, de na mílte lá, a mbeadh an strainséara sa teach.....

An strainséara a bhí dhá chruthú as páisiún anshocair na tine aríst. An strainséara seo a raibh muineál air chomh rite le crios ar bhásta póilí agus dromán chomh leathan fuinte le doras an phríosúin sa nGealchathair..... Agus boirric.....

Bhí an bhoirric ann aríst. Mhéadaigh nó go raibh an tine ar fad fúithi. Chairigh suas ar fud an tí agus amach ar an tsráid. Bhí sí ag deasú bróg ag an mbord, ag tuíodóireacht ar an teach, ag cur fhataí i nGarraí an Tí, i gcuraigh amach ón Scothach ar an gCaoláire.....

Tharraing Nóra an tlú thríd an tine in athuair.....

Níor ghar é. Tháinig dhá bhun-rí aníos as an lasair: dhá bhun-rí a bhí chomh cruaidh chomh daingean le boltaí caol-láimhe agus chomh haclaithe le slabhra..... Shearr an dá bhun-rí sin amach, nó go ndearnadar talamh Mhuintir Chéide a sháinniú, ó uachtar go híochtar..... Rugadar greim cúl cinn ar Mhicil agus chaitheadar isteach ar a bhéal agus a fhiacla i gcuraigh é..... Strachlaíodar Micil suas ar an teach, in aghaidh a chos, nó gur chuireadar ina sheasamh ar an simléar é..... Chuireadar gunna i nglaic Mhicil agus a béal cocáilte ar chlár a éadain.....

D'éirigh an bhean bhrúidiúil sin aníos i mbarróig an dá bhun-rí..... Bhí lóchrannán ina glaic..... Bhrúigh sí an cnaipe, nó gur scal an solas ar chroí Mhicil agus ar a croí féin..... Lig sí uaill gháire ansin.....

Phóg an bhean bhrúidiúil an bhoirric agus tháinig scuaid as a béal a chlúdaigh teach, talamh agus trá Mhuintir Chéide ó sháil go rinn..... Nocht an láthair

197

aríst..... Ach níorbh iad teach, talamh agus trá Mhuintir Chéide a bhí ann anois..... Teach ar dhéanamh curaí é..... Bhí na hiomrachaí leathan as a n-íochtar agus caol as a mbarr, fearacht gunna..... Ní féar, ná arbhar, ná raithneach a bhí san iothlainn ach gliomach ábhalmhór a raibh a theannachair sínte, lena cur i bhfastó i Micil.....

Bhí an bhean bhrúidiúil agus an dá bhun-rí ag déanamh líméir soir faoin gclaí tórann i nGarraí an Locháin..... Chuireadar faoi deara do Mhicil clocha an leachtáin a shocrú le géill an líméir agus ar a uachtar..... Stuáil an strainséara scrathachaí ina bhéal agus sceann iad chomh fíochmhar is dá mba námhaid chloíte iad..... Í féin agus Micil a bhí faoina láí..... Lig an bhean bhrúidiúil agus an strainséara dhá uaill gháire..... Phóg an bhean an bhoirric aríst.....

Bhí Nóra ag eitealla ar an stól. Chuala an smeachaíl in aghaidh a blaoisce agus mhothaigh mar bheadh meall mór an-trom ag corraí thíos faoina cliabhrach. Rug ar an tlú agus shuaigh an tine, nó go raibh gríosach treasna ó chlúid go clúid.

D'éirigh de phreib. Bhrúigh an naipcín gríosaí seo isteach i lár na tine agus chlúdaigh le luaith é, go dtí go raibh ina ghreamhar liath dochma, gan dlaíóg thoite ná mirlín dearg aníos ar a fhuaid. Fuair cúig nó sé d'fhóide agus sháigh an mullach caol díobh isteach sa ngreamhar. Chuir lánú eile luaithe os cionn an iomláin.

Níorbh fhéidir a dhath a fheiceáil sa gcoigilt.....

29

Shiúil sí suas síos an t-urlár cúpla babhta.
Ansin d'ardaigh cliabh na *mangolds* go mín réidh den

chófra agus leag ag an doras cúil é.

Bhain an lampa stáin anuas den tairne ar an mballa, choinnigh ina leathláimh é agus leis an láimh eile d'oscail sí an cófra. Ba bheag nár phreab an lampa as a méara leis an ngíoscán a rinne an cincín agus í ag crochadh suas an chláir. D'éist sí ar feadh mionóide. Ní raibh de chorraí sa teach ach a raibh ina colainn féin, ina ceann, ina cliabh agus síos ina ciotóig.....

D'ionsaigh uirthi ag cartadh sa gcófra. Chuir brúisc éadaigh agus seanghiúirléidí eile aníos. B'éigin di an solas giongach smalta a thomadh cúpla uair ann sul ar aimsigh a lámh an rud a bhí sí a iarraidh.....

Chíor sí siar a cuid gruaige go cúramach, d'fhill ina coirnín ar a cúl í agus rinne an raca ard as an gcófra a fháisceadh síos inti go drandal. Ba chosúil le teanga thine, ag sceitheadh suas ar scothóigín deataigh, cúl flannbhuí an raca ag soilsiú aníos as an ngruaig léith.....

Lig anuas di féin an seáilín craobhach agus an rapar. Chuir uirthi ansin an dá bhall eile a thug sí as an gcófra: an seál *cashmere* agus an gúna cabhlach *velvet*. Ní raibh na trí bhall sin thuas ar a colainn cheana ó lá a pósta.....

Leag an solas ar thairsigh na fuinneoige. An *cashmere*, an raca, an *velvet* dathannach, d'adhaineadar dé bheag ina súil, smearadar faonluisne ar leathar scáinte a grua. Shín a lámh isteach chuig an lampa ar an bhfuinneoig. D'aimsigh an solas an fáinne pósta — fáinne Cladaigh go n-íomhá croí. In imeacht meandair rinne an solas smalta scáile chomh haduain sin ar an ór, is gur mhó ba chosúla an íomhá le péiste ar bhachlóig, ná le méara ag muirniú croí.....

D'ísligh sí an solas ar an lampa nó nach raibh uaidh

199

ach faonbhogha isteach ar an bpictiúr beannaithe, ar
stuaic na fuinneoige.....

Scinn súil Nóra suas ar an bpictiúr..... Ba é a raibh
ann an bhoirric..... Boirric ar rinn na sleighe..... Boirric
ar áit na dtairní.....

30

Chuaigh sí siar go dtí doras an Fhir Óig agus chuir a
cluas leis. Bhí dord ciúin suain aige.

Bhain an bolta de dhoras an tí agus dhúin ina diaidh
é, gan toirnéis ar bith.....

Bhí an ghealach imithe an-íochtarach agus teanga
gabhlánach dhorcha ag líochán na talún cheana féin. Ní
raibh ar an spéir ach corr-réalt fannsholasta. D'fhalaigh
sí a ceannaghaidh lena bois. An seoideadh gaoithe aniar
a bhí ag crúbáil in eitrí a grua.....

B'fhóbair di sciorradh ar an leic luaith-bhealaithe
aríst. Bhí solas an lampa ina súile fós. Níorbh fholáir
di tosaí ag méaracht mar ba ré dhorcha a bhí ag bun gach
claí agus balla anois agus ag binn thoir an tí go háirid.
Rug ar láí Mhicil. D'fháisc léi aníos í, nó gur airigh
fuacht an iarainn ag dul ina leis, thríd an *velvet* leamhan-
chriathraithe.   Ansin shiúil suas an iothlainn, suas
thar an somadán féir, suas chomh fada le claí ard Gharraí
an Locháin.

Bhíodh maolbhearna sa gclaí seo an tráth a thaithíodh
Nóra Garraí an Locháin. Tar éis teacht as an ospidéal
di, chuir sí faoi deara í sin a dhúnadh láithreach agus
airde duine a chur de bhiorú ar an gclaí go léir. Fágadh
gan corraí liag amháin den tseanchéim a bhí ag freagairt
amach as an gclaí, cúpla troigh ó thalamh, ar thaobh na

hiothlann. Sheas Nóra, mar rinne aréir roimhe sin, ar leibheann·nacloiche seo,le féachaint ó thuaidh i nGarraí an Locháin, agus an leachtán ar choinnigh sí a súile di leïs na blianta a ghrinniú anois aríst.....

Bhí an leachtán tite..... tite agus scortha, mar scoir-feadh naíonán paidrín a tiúrfaí dó lena bhréagadh.....

Theann à crobh ar láí Mhicil.....

31

Thosaigh smólach i bPáirc na Buaile ar labhairt go hanshóiteach. Ba ghearr gur múchadh a glór i mbolg na gaoithe. Ba deireannaí ná seo a labhair sí aréir.....

Bhioraigh Nóra a cluas aríst..... Slup slap, slup slap..... Ní raibh ann ach glogarnaíl an tsíol fragannaí sa lag ag an lochán. Taca an ama seo a chuala sí aréir é freisin. Bhíodh sé ann mar sin i gcónaí san Earrach. Fuaim mhaol ghlagach chodramánta. Pé acu sin é bhí gliondar piaclach eicínt sníofa thríthi..... Doigh mháith-rithe.....

Níor léar do Nóra an scaipiúch cloch a thuilleadh. Ba é a raibh sa leachtán anois boirric mhíofar ag guailleáil an duifin a bhí imeacht na gealaí a chruachadh leis an gclaí. Sháigh béal na láí síos taobh thiar di sa gcré mar thaca agus bhrúigh an lámh eile in aghaidh an chlaí, lena chur anuas.....

Luigh mar bheadh ualach trom ann ar a láimh, sul a raibh a neart curtha aici ar an gclaí. Smaoineadh tobann a phreab ina hintinn agus a ghabh a géag..... Má ba ansin a bhíodar chor ar bith?..... Dá mba dallamullóg freisin di é faoin gclaí tórann, leis na blianta..... Dá mba bréag eile é..... fuath chomh siabhrúil, chomh neamhthadhaill is a bhí i Micil Óg, Nóirín, Pádraig.....

Cá bhfios arbh olc gan ábhar a bhíodh ar Mhicil léi,

faoin leachta agus faoi Gharraí an Locháin?.....

Cá bhfios nárbh fhíor gur in adhlacan mar a shamh-
laíodh sí féin ar dtús a bhíodar — caorán, bruach locha,
lúibinn chlaí, dumhach chois Caoláire? Adhlacan nach
mbeadh aon fháil aici go héag air. Adhlacan ar ghaire
iad ann, ar feadh na mblian sin go léir, do na huain, do
na laonnta, do na lachain fhiáine, do na faoileáin chlad-
aigh, ná di féin, dá teach, ná do luainn a saoil..... Cá
bhfios.....?

32

Bhí na réalta liaite ina gcnapáin oighre. Thosaigh
smólach i bPáirc na Buaile ag banrán aríst ar an ngaoith
aniar. Bhí seansúr srannánach an Chaoláire agus dos
éagaointeach na bhfrag ina gcoránach ar uair mharfa seo
na hoíche..... Ba bheag den tsámhas dorcha a dhúis-
íodar inti anois.

Ag iarraidh taibhsí brúidiúla a chur siar as a súile
agus as a cluasa a bhí Nóra. Na taibhsí a d'adhlac sí
sa luaith bhíodar ag snámh chuici aríst, anuas as dúlinn
oíche Gharraí an Locháin, anuas thar an gclaí ard go
dtí an iothlainn. San áit chéanna a bhí sí fós, leathlámh
léi in aghaidh an chlaí agus an ceann eile ar láí Mhicil.....

Láí Mhicil. Cé an chiall gurthug sí léi í ón mbinn?.....
Mar thaca chun fuiríocht ina seasamh ar an liagán cúng
doicheallach sin taobh abhus den chlaí.....! An ndéan-
fadh sí an saothar a chuir aimhreas agus taibhsí an lae
as a ceann, in imeacht cúpla nóiméad an chloig.....?

B'fhusaide an saothar sin an leachtán a bheith dí-
láithrithe.....

An chéad spreab a bhain choinnigh ar an láí í.....

Chrom agus chuir a ladhar scagtha thríthi mar a dhéan-
fadh cailín le gruaig a cumainn..... Clocha beaga. Clocha
amháin.....

Bhain fóideog de chré sprosach a rinne púir idir a cuid
méar.....

Bhuail an láí in aghaidh rud eicínt tacúil..... Rud
eicínt nach raibh cruas cloiche ann..... Níor chloch é.....

Thochail aníos lena bosa an chlaisín a bhí déanta ag
an láí..... Ansin thosaigh ag méaracht.....

Bosca.....!

Tháinig sé léi oiread na fríde..... Tháinig sé ar fad.....
Ach ar an dá luath is ar scar sé leis an gcréafóig rinne
spros ina láimh..... Ní bosca a bhí ann ní ba mhó ach
gitíní de chláir sínte chun cheithre hairde fichead na
spéire, agus an ghaoth dhanartha aniar ag tarlú léi gach
a bhfuair sí so-ghluaiste.....

"Mo Mhicil Óg.....! Mo Mhicil beag.....! Mo Mhicil
bán.....! Oíche Fhéile Michíl a bhí inti thar oícheanta
an domhain..... Nach mairg nár thug mé an laindéar
liom.....!"

Bhí a súile buailte thíos ar an gcréafóig ag dearcadh,
ag dearcadh.....

Leagadh lámh ar a gualainn. Micil, a fear, a bhí taobh
thiar di:

"Níl aon mhaith a bheith ag guidhe ar a son....."

Ní raibh fearg dá laghad ina ghlór anois.....

"In áit dhorcha gan aon phian atá siad....."

Bhí sé ar a chromada, a dhá láimh ag méaracht le hais
a lámha-se, a dhá shúil sáite aige le hais a súile-se, ag
dearcadh, ag dearcadh.....

Ach ní raibh aon ní le feiceáil aigesan, ach oiread
léise, sa smearsholas.... Aon ní ach créafóg sprosach.....

Créafóg nach raibh tathú ar bith ina chéile inti.....

D'fhan an dís ag dearcadh, ag dearcadh, ag méaracht, ag méaracht.....

Agus bhí an ghaoth aniar ag méaracht freisin.....

Leathnaigh sí a dhá bois ar scáth a héadain.....

Bhí an bhean bhrúidiúil sin ag bualadh na créafóige idir an dá shúil uirthi.....

D'oscail na súile a rinne neamhchodladh na hoíche roimhe sin a dhúnadh le tamaillín beag. Mhothaigh sí an meall in íochtar a cléibh ag brú aníos go tolgach ina muineál. B'éigin di greim dhá lámh a bhreith ar an gclaí le fuiríocht ina seasamh ar leibheann an liagáin. Bhí na réalta ar fad imithe agus gan ann anois ach an dorchadas dílis — dorchadas ina lacht tiubh ag sní anuas as cupán liath na spéire. Ach níor bhac sin an radharc uirthi níos mó. Bhí a súile déanta ar an dorchadas anois.....

Ba léar di go follasach an claí tórann a raibh airde thaibhsiúil ann ón oíche. Ag a bhun, bhí an leachtán spréite: spréite ar nós an choigilt dhiúltach a bheadh roimpi ar an teallach.....

Thuirling de leibheann na céime. Bhí an láí tite lena hais san iothlainn, ón uair a tháinig an néall ar a súil. Rug uirthi agus chaith uaithi suas thar claí i nGarraí an Locháin í. Láí Mhicil..... Ní raibh de mhisneach inti créafóg a réabadh.....

33

Shuigh isteach sa gclúid. Bhí a ceann ag gleáradh. Bhí a croí ag gleáradh ina hucht.

"Nach mairg a choigil an tine.....!"

Bhí an teallach fuar préachta: láithreachán marbh-

luaithe agus caiseal fód lena ciumhais amuigh.....
Fód. Dhá fhód. Trí fhód. Cheithre fhód. Chúig
fhód..... Chúig fhód a chuir sí sa gcoigilt. Chúig cinn
acu. Dóideoga móra a bhí faoi únfairt luaithe. Chúig
mheall créafóige.....
    Chrup í féin isteach tuilleadh sa gclúid. Bhí sí ag
eitealla leis an bhfuacht.
    Bhí a croí fuar. Bhí clocha na gclaíocha fuar. Na
laonnta. Na lachain fhiáine. Na faoileáin gheala.....
    Chuimil Nóra a súil..... Ach bhí sé ann..... Airgead
beo ag snámh sa gcoigilt. Bhí coinnlíní ag goineachan
aníos ó aibhleoga nach raibh an luaith i ndon a mhúch-
adh..... Ceann..... péire..... chúig cinn.....
    Las ceann de na fóide : lasóg dhriopásach a dhréim
san aer agus a chuir scáilí ag foiléimneach suas an
t-urlár dorcha.....
    D'ardaigh Nóra a ceann, d'aon iarraidh.
    Bhí a colainn ar crith, ar nós duilleog a bheadh bogtha
ag an ngaoith.....
    Sháigh a súile suas thríd an dorchadas a bhí ag scáin-
eadh faoin mearlasair.
    D'aistrigh anuas ar gheamhar na coigilte aríst iad.
    Bháigh a ceann ina gúna *velvet,* ina seáilín *cashmere*.....
Níor ghar é.....
    Dúirt an sagart sa bhfaoistean úd go raibh creideamh
i riocht.....
    D'fhéach d'aon iarraidh ar an bhfuinneoig, san áit a
raibh an faonbhogha solais ar an bpictiúr beannaithe.....
    Dhírigh í féin. Anonn chun na fuinneoige léi. Dhearc
ar an bpictiúr. D'aclaigh sí a cuid súl.....
    D'ardaigh sí an solas ar an lampa stáin. D'ísligh go
dtí dé aríst láithreach é, mar bhí cuisne ag teacht idir í

féin agus an pictiúr sa lóchrann tobann sin.....

Thug an pictiúr amach i lár an tí, go ndearcadh é sa dorchadas.....

Ba leor an t-aon silleadh lena cur ar a dhá glúin ar an teallach.....

B'fhíor é.....

Bhí tosach an phictiúir ag déanamh geamhair freisin: geamhar airgid: airgead a bhí faoi smúr meirgeach.....

Bhí an pictiúr dochma ag brúctadh chun dealraimh chomh cinnte is go raibh dhá shúil istigh ina ceann..... rinn na sleighe thrí lasadh, róis ag eascar ar áit na dtairní, na gona ina néamhainn, an luan ina loscadh sléibhe ar an gCeann.....

Bhí sciatháin na n-aingeal ag foluain..... Tháinig scuaine díobh anuas as froighibh an aeir ar ghuaillí na Croise..... Bhí brat Mhuire ag síneadh..... Ba ghile a roisc ná tinte dealáin ag treabhadh na spéire, thiar ag béal an chuain, i nduibheagán na hoíche..... Thit an ghrian den aer anuas ina folt..... Ach d'fhan smúit an bhróin i gcónaí ina ceannaghaidh.....

Phlódaigh an láthair le daoine..... Shín Nóra amach a lámh dá hainneoin..... Ba shin í a máthair féin. B'fhurasta aithinte í ar a caolmhéara bioracha agus ar a fionnfholt..... Agus athair Mhicil, lena mhuineál seang, a dhroim ghleannach, a mhailí míne.....

Tháinig slua eile isteach i lár báire, i bhfianais na Croise.....

Ab bu búna! Ba shin iad iad..... Micil Óg..... Nóra.....

Chinn uirthi a gceannaghaidh a fheiceáil. Choinníodar uaithi iad. Ach b'fhollas di an néall smúir os a gcóir amach, san áit a rabhdar ag féachaint ar Mhuire agus ar a brat luchtmhar.....

206

"Ó a Mhuire Mhór, slánaigh iad.....! Sé do bheatha....."

"A Mhic....."

"Níor óladar ariamh fíon an bhaiste. In áit dhorcha gan aon phian a rachas siad....."

"Na máithreacha! Na máithreacha! Féach iad, a Mhic.....!"

Shín sí an mhéar in airicis Nóra.

"In áit dhorcha....."

"Ó a Mhic, d'iompar mé trí ráithe faoi mo bhroinn Thú....."

"Is fíor dhuit, a Mhuire Mháthair. Ó, a Mhuire Mháthair, d'iompair mise cúigear acu! Féach iad! Féach iad! Micil Óg....."

Rug ar bhinn na braite:

"Ó, a Mhuire Mháthair! Iarr Air mise a ligean ina leaba san áit dhorcha....."

Thit na réalta ina bhfras confeití ar chrann na Croise..... Gháir na milliúin clog "Mac na hÓighe Slán." Luaimnigh an Bhrat timpeall d'oscar éigneach agus scuab an gasra láir faoina binn.....

Rinne an smúr agus an smúit gréasán griansholais, d'aon iarraidh amháin, os coinne Nóra..... Chonaic an mheirg ag leaghadh den gheamhar airgeata a scinn ina dhéas óir go froigh na fiormaiminte, áit a raibh brat Mhuire ag ardú ar an ngualainn deas den Chrois.....

Brat Mhuire agus cloigeann linbh..... muineál seang, mailí míne..... ag gáire amach óna chiumhais.....

Gháir croí Nóra:

"Sé do bheatha, a Mhuire....."

Chuir an gadhar síon chráite isteach faoi íochtar an dorais.....

Ar theacht aniar dó dhá tóraíocht, fuair Micil sínte i mbéal an teallaigh í agus a lámh i ngreim sa bpictiúr.....

I solas preabach na coigilte níor léar na roic ina haghaidh agus ba gheall a súile le súile beo.....

Bhí an ghaoth ligthe fúithi agus crónán sáimh ag an gCaoláire i gcrompáin an chladaigh. Bhí an bháisteach bhog shuanmhar ag déanamh locháiníní sa seandíon ar an teach, sa luaith ag an mbinn agus sa gcréafóig úr a deargadh inniu i nGarraí an Tí.....